ポルタ文庫

あやかし主従のつれづれな日々
何度でもめぐりあう

椎名蓮月

新紀元社

The days of Master and Servant

Contents

離れても、見失っても、何度でも、必ず見つけ出す。
決して、諦めない。

零 むかしの主従

裏の山にはひとりで入ってはいけない。迷うかもしれないから。だけど、運がよければ、山神が帰る道を教えてくれる。

父がそう語り、兄もそうだったと言い、祖父がそれを聞いて、なんだ、おまえたちもか、と言った。どうやら祖父も、曾祖父も、曾祖父の父も、似たような経験をしたらしい。

山の中腹には大きな大きな桜の木があった。桜の下には怖い鬼が眠っていて、桜は墓標だと教えられた。遠い先祖がそう言い伝えたらしい。また、山で迷ったら、その桜を探せ、とも。

春は、見事な花が、花のない時季は、白い鳥《からす》が枝にとまっていて、必ず見つけられる。そうすれば、方角がわかるからと。

白い鳥は山神の化身で、鬼の墓を守っているのだそうだ。

＊

雪が冷たい。

（あ……）

転んだのだ、とすぐに気づいた。起き上がろうと足に力を込めると、ずぶり、と冷たいものにはまり込んでいくのがわかる。

足もとの雪はさほどやわらかいというわけではなかった。だから、油断したのだ。固い地面があると信じていたのに、踏み込もうとすればするほど、足が沈む。

（あっ、あああ……！）

どうしよう。予想もしていなかった状況に、頭が混乱して、声が出てしまった。こういうときは、落ちついて、と母がよく言う。だが、……落ちつけるはずもなかった。焦ってもがけばもがくほど、吸い込まれるようだ。

（何やってんの）

ふいに、声がした。

この山は父の実家の持ちもので、一族以外は入れないと聞いている。といっても、山の周囲を柵で囲っているわけでもない。

（雪がきれいに積もってても、地面じゃないとこがあるんだよ）

声を追って視線をさまよわせると、ざっ、と音がした。木が揺れて、目の前に人影がおり立つ。

雪が積もっていたが晴天だった。見上げると、青く澄んだ空を背に立っていたのは、黒尽くめの男だった。やわらかそうにふわふわしている髪は、明るい朱色に見える。それとも、夕暮れの色だろうか。瞳は、濃い黄色にも、淡い茶色にも見えた。着ているものは着物のような、そうでないような様相だ。

私有地なのに山を柵で囲わないのは、地元では、入っても追い返されると信じられていたからだ。だから地元の人間は、この山には入らないどころか近づかないと聞いている。なので、よそものかと思ったが、そうでもないようだ。着物でこの山に入るよそものなどいないだろう。

（まったく、毎度毎度、懲りないな）

もがくのも忘れ、兄より年上に見える男をまじまじと見上げていると、彼はぼやいた。白い顔は、やや怒っているように見えた。

（前は、いつだったかな。夏だったたっけ……）

彼は溜息をついた。怒りと見えた表情には、呆《あき》れ、あるいは諦めに似た色も入りまじっているようだ。

（ほら、掴《つか》まって）

手を差しのべられた。助けてくれるのだ。それに向かって慌てて腕を伸ばす。伸ばした反動でまた体が沈みかけた。

（あっ）

思わず叫ぶと、冷たい手が手首を掴んで引っ張った。

おかげで沈まずには済んだ。

（じっとしててね）

そう言った彼に、ひょいっと抱き上げられた。体が、すぽっ、と雪から抜ける。

（……！）

叫ぼうとしたが、驚きのあまり、声が出なかった。

彼は、そのまますうっと空に浮いたのだ。

飛んだ、と思った。

（怪我はない？）

ふわり、と着地した彼は、手を離すと、じっと顔を覗き込んできた。

（ありがとう……）

自分がやっとのことで返すと、彼はどことなく、ほっとしたように見えた。心配してくれたのだ、と思った。

（礼はともかく。この山には入るなって、言われてないのかよ？）

（……言われた）

（もう、みんなそう言う）

彼は溜息をついた。肩をすくめる。

（いいか、坊ちゃん。二度とここには来ちゃだめだぜ。わかったな？）

言い聞かせるような声は、やわらかくて、どことなくやさしげに聞こえた。

（どうして？）

（どうしても）

（いやだ）

はっきり言うと、彼は目を丸くした。心底びっくりしたようだ。

（また来る。会いに来る。おまえに）

（……おいおい。俺にって、……俺は怖いんだぞ？）

（助けてくれたから、礼をする。……こわくないし）

なぜか、彼が逃げ出しそうな気がして、言いながら手を掴んだ。ぎゅっと握る。彼は、困ったような顔になった。

（おい、……あんた、そんなこと言って、……）

（また来る！　……僕、僕は宗近靫正《むねちかゆきまさ》という。おまえは？）

相手の名を知りたくて名乗ると、彼は、大きく目を瞠《みは》った。

淡い色の瞳が、きらきらと光る。

泣くのではないか。

そう気づくと、ぎゅっと胸の奥が痛くなった。自分が泣かせているのだ。はっきりとわかってしまった。

（……サクヤ、だ。俺は、……俺はサクヤというんだよ、坊ちゃん）

彼は、すんっ、とはなをすすると、自分が掴んでいた手をもぎ離した。その手の甲を目もとに当てる。

（だけど、二度と来ちゃだめだ。二度と……）

（あっ）

再び彼の手を掴もうとしたが、できなかった。

その場から彼の姿は消え失せた。次いで、真っ青な空に、白い鳥が飛んでいくのが見えた。

彼が、鳥になったのだ。そうとしか、思えなかった。

（また来るぞ、サクヤ！　また来る……あした、来る！）

飛び去った鳥はもう見えない。だけど、叫ばずにはいられなかった。

彼とは初めて会ったのに、知っている、と強く思う。

同時に、まったく知らない相手に対する、不安や期待や好奇心のような感覚も強くある。

どちらが本当なのか。それが自分でもわからない。

その後、毎日のように山に行って、彼に会った。

教えられた通り、桜の木を探した。咲いていなくてもその威容で、どこにあるかわかるのだ。山に登る前にその位置を見定めて、目指す。そのうち、どの道を行けば辿《たど》り着くかもわかってきた。

会いに行くたび、彼は怖い顔をして、帰るよう促した。それでもかまわず、毎日、彼に会いにいった。

おやつを半分差し出すと、泣きそうな顔をした。きらいなのか？　と尋ねると、そうじゃない、と彼は言った。

毎日、毎日、おやつを持って、会いに行った。

半分に分けて、ふたりで食べた。

ひとりぶんのおやつを、はんぶんこして、食べる。半分だから少ないはずなのに、ふたりで食べると、いつもおなかが一杯になった。

何年も何年も、あの山に行くたび、そうした。

桜の木が枯れても、彼に会いにいった。

やがて彼は笑って、迎えてくれるようになった。あんたみたいに何度も来てくれた子は、初めてだよ。そう、言った。

ずっと一緒にいたいと思うようになったのはいつだっただろう。

最後にはゆびきりをして、彼を山から連れ出した。

壱 なやむ主

大学生になる直前に靫正がしたのは、両親の引っ越しと、自動車学校の合宿プランで自動車の免許を取ることだった。

おかげさまで卒業式のその日から大学の入学式までの約一か月、忙しく過ごした。

両親は、父の仕事の都合で父方の実家のある県に転居することとなった。実家から通わないのは、同じ県内でも実家から職場までは遠すぎたのもあるが、父に実家に戻って生活する気がなかったからでもある。

靫正にとって父方の実家は、長い休みごとに遊びに行くたいせつな場所だった。所有地の山の麓にある、築百年近い家だ。その隣には曾祖父の住んでいたさらに古い家がある。もっとも近いご近所さんまでには小川を越えねばならないのもあって、距離がたいしたことはなくても、孤立感が相当にあった。曾祖父は六年前に施設に入り、以来、祖父母も、もっと街なかに暮らすべく、家をかたづけている。

なので父は、転居のあいだに両親を手伝って実家を処分するつもりらしい。

両親は、恋愛結婚だ。生徒だった母が、講師の父に食事を差し入れるうちに胃袋を掴んでしまったのだ。そんな父だからひとりにしておくと食べなくなると知っている母は、離れるつもりはなかったようだ。といっても、母の仕事の区切りがちょうどよかったのと、次男の靫正が大学生になるのもあってのことだった。

「坊ちゃん、兄上が家を出たときもそうだったけど、父上や母上がいなくても平気そうだよね、ほんと。淋しくないの？」

　朝食と身支度も済ませた靫正が出かける準備をしていると、リビングの窓の施錠を確認しながら、サクヤが問う。リビングといっても、キッチンとはカウンターで区切られているだけなので、リビングでもありダイニングでもある。

「そろそろ坊ちゃんはよしてくれ、サクヤ。僕はもうすぐ十九だぞ」

　食卓の自席に座った靫正は、通学用デイパックの中に手を突っ込んでごそごそしながら、顔も上げずに抗議した。大学に持っていく筆記用具やテキストなどでデイパックはなかなかみっしりしている。靫正は中に入れたものを探しているのだが、なかなか見つからない。デイパックをひっくり返している時間はなさそうだ。

　大学の入学祝いで、両親はスマートフォンとノートパソコンを買い与えてくれた。高校でも使っていたので、パソコンについてはそこそこ熟達したと思っている。しかし、スマートフォンは使いこなせる気がしない。

　母は、家族でSNSを利用して連絡をとるようにしたくて、靫正にスマートフォンを持たせたようだ。やりとりが参加者全員に見える家族グループをつくって、毎日、何かしら声を聞かずとも会話している。

離れていても家族と話せるのは楽しい。だが、それを楽しむ余裕もなく、靫正はスマートフォンを持て余していた。正確には、デイパックに入れると見失いがちだった。購入時に同梱されていた透明なカバーケースを本体につけているが、それだけだと中でものの隙間に入ったときに見失うのだ。

高校のときからスマートフォンを持っていた同級生たちが、ストラップをつけたり手帳のようなカバーをつけたりする意味を、靫正は、スマートフォンをたびたび見失うことによって理解していた。

「じゃあ、なんて呼んだらいい？」

サクヤがそわそわと壁の時計を見る。靫正はそれを見て、デイパックから手を引っこ抜いた。スマートフォンがなくても困らないだろうと判断したのだ。

「名前ではだめなのか」

靫正が立ち上がりながら言うと、サクヤが先に立った。キッチンの横の扉をあける。先に行くわけではなく、サクヤはそのまま壁ぎわに立っている。いつものことだが、靫正はなんとなく溜息をつきたくなった。

「だめ。誰かに聞かれたらどうすんのさ」

サクヤは目を伏せたまま言った。横顔をちらりと見てから、靫正は廊下へ出た。このマンションは鴨居が高めなので、頭をさげなくていいのが助かる。

足早に玄関まで行くと、後ろで扉を閉める音がする。振り返らず靴を履いて、玄関扉をあけた。

あけた扉から外の明るさが射し込んだ。靫正の足もとに影ができる。

「サクヤ」

靫正は、振り返った。

「はいはい」

廊下の端をとんっと蹴ったサクヤが、するっと靫正の影に吸い込まれるようにして消えた。

靫正は扉を閉めて、鍵をかける。

サクヤは外出に同行するとき、靫正の影の中に入るようになっていた。サクヤ曰く「隠形《おんぎょう》」だ。

いついかなるときもすぐそばにいるので安心するが、その状態で会話をすると、傍《はた》目《め》には靫正がひとりでしゃべっているように見える。影の中に入っているとはいえ、サクヤに靫正の心情は読み取れないので、意思の疎通には会話が必要なのだ。

隠形中のサクヤの声は、あやかしそのものか、あやかしに関わる力のある者にしか聞こえない。だから靫正が影の中のサクヤに向かって話しかけるには、人前ではひとりごとを装うが、ときどき恥ずかしい。サクヤも、無理に応じなくていいと言ってくれるので、複雑な会話は避けるように努めていた。

会話ができないなりにすぐそばにいるのはわかっているが、姿が見えるわけではない。靫正のあやかしに関わる力はあまり強くなく、見たり聞いたりする以外の、気配を感知するには、まだ修業が必要だった。

応えられなくても、サクヤの声が聞こえるだけで、靫正はうれしいし、ほっとする。

……靫正がサクヤをあの山から連れ去って、六年が経過していた。


サクヤは、あやかしだ。

烏天狗と自称するが、もともとは烏のカラスだったらしい。

靫正がサクヤと出会ったのは、父方の実家が所有する山で、小学校に上がる前年の、クリスマスのあとだった。

それ以来、靫正は、長い休みのたびに祖父母の家に行った。ゴールデンウィーク、夏休み、冬休み、春休み。そのほとんど毎日、午後になると山へ行って、サクヤとおやつを分けて食べ、夕方になると陽が暮れる前に祖父母の家に帰った。

靫正が中学に上がる直前、サクヤは山をおり、いろいろあって、靫正の世話をしてくれるようになった。今回の転居で、両親が安心して実家に靫正ひとりを置いていったのは、サクヤが世話をするとわかっていたおかげでもある。

靫正の母は、サクヤが人間ではないことを知っている。それでいて、特に問題にしていない。しかも、どうやったかまったく謎なのだが、サクヤのために部屋を借り、自動車の免許を取らせてくれたほどだ。靫正は、免許の取得には住民票が要ることを、この春休みに初めて知った。

母はほかにもサクヤのためにいろいろと手配をしてくれた。サクヤがいたのは父の実家が持っている山なのに、姉の息子である甥を巻き込んで、自分のほうの遠縁ということにもしていた。父はそれを信じている。もともと、仕事と家族以外に興味のないひとである。サクヤが人間でないと知っても、特に気に留めなかっただろう。

母がそこまでしてサクヤを靫正のそばに置くことに協力してくれた理由を、靫正はまったく知らない。

四月の半ばだ。大学ではガイダンスの期間が終わり、講義が開始されていた。

靫正が入学したのは通っていた中高一貫校附属の大学部だ。その中高一貫校で生徒会長も務めた兄は外部の大学に進学し、就職後は都下でひとり暮らしをしている。離れているが、兄弟仲はいいほうだ。

　サクヤは兄とは違う。

「宗近！」

　語学のクラスを終えて教室を出ようとすると、聞き慣れた声が呼び止める。しかし靫正はあえて無視した。聞こえないふりをして、出口へ急ぐ。棟の突き当たりにある教室なので、非常口はともかく、ふだん使われる出入り口はひとつしかない。語学のクラスは受講者が多く、退出には時間がかかり、廊下の前すら混雑していた。

「おい、なんで無視する」

　教室から出て、足を速めようとしたところで、後ろから、がしっと肩を掴まれた。

「……鷹羽《たかばね》くん」

　しぶしぶ振り向くと、同じ内部進学の、鷹羽夏生《なつき》が立っている。

　長年の腐れ縁の悪友とは、中高一貫校の六年間同じクラスで同じ弓道部だった。決して仲がいいわけではない。かといって、今では険悪というわけでもないが……できることなら、しばらく会いたくない相手だった。言われることの予想がついたからだ。

「おまえ、まだ部活もサークルも決まってないんだろう？」

「だから……入らないと言ったはずですが」

　靫正は上の空で答えた。周りを通り過ぎる学生が、何人か、チラチラと視線を向けてくる。視線が痛い。内部進学者が多くても、母校では六年間、男子部と女子部に分かれていた。女子は同窓生でも、外部進学者と同じくらい靫正たちのことなど知らないのである。

「納得できん」

鷹羽はやや怒ったような顔をした。「おまえ、全国大会に出ておいて、どうして弓道をつづけないんだ」

靫正は、自分の肩にある鷹羽の手首を掴むと、そっと引き剥《は》がした。

「やりきったからですよ。六年もやって、全国大会にも出られて、それで充分です」

靫正の答えに、鷹羽は眉間に深く皺を刻む。

「おい、おまえら邪魔だぞ。ふたりとも図体がでかいんだから、気をつけろよ」

ほかの学生が、笑って言いながら通り過ぎていく。同じ内部進学生の、顔見知りだ。三人ほどが、しっしっ、と手を振って、ふたりを脇へ追い払おうとする。

「チカもタカも、相変わらず仲がいいな」

ひとりが苦笑した。「喧嘩をするにも、ほどほどにしたほうがいいよ」

「仲良くなんてないぞ」

「喧嘩なんて、してませんよ」

鷹羽と靫正の声が重なった。

退出していく学生が、くすくすと笑いつつ、あるいは迷惑そうに顔をしかめつつ、ふたりの脇を過ぎていく。

「とにかく、僕はどこにも入りません」

誰もいなくなった教室の前で靫正は改めて告げた。鷹羽は舌打ちをする。

「俺は部長に、おまえを連れてこいと言われている。ちゃんとした理由を言え」

(家のことをやらなきゃいけないからって言いなよ)

答えあぐねていると、影の中から、ひそひそとサクヤが助け船を出す。

「聞こえてるぞ、おい」

鷹羽は、靫正の足もとを見た。しかしサクヤは答えない。

「何をおっしゃる」

靫正は澄まし顔をつくって鷹羽を見た。「そうそう、理由。僕は今、実家でひとり暮らしをしていて、いろいろと忙しいからです。なので、バイトをすることもままなりません。帰宅後は、家事をしたり、近所づきあいをしたり。母さまの偉大さを今さらながら思い知らされております」

「ったく、式神に入れ知恵されやがって。……伝えはするが、部長が勧誘に乗り出しても、俺は知らんからな」

「かたじけない」

靫正が思わずそう言うと、鷹羽は、ふんっ、と鼻を鳴らした。

「訊かれたぞ、部長に。チカの弟はなんであんな口調で喋るんだ、って」

チカとはもともと、兄のあだ名だ。兄とは在学期間がかぶらなかったが、幼なじみが靫正を「チカ弟」と呼んだせいで、靫正は兄のあだ名を引き継ぐことになった。同学年以下は靫正の兄を知らないのでただ「チカ」と呼んだ。

しかしさすがに大学でこのあだ名は勘弁してほしい。響きが可愛すぎる。鷹羽はさきほどのように夕カと呼ばれもするので、まるでコンビだ。

そのように扱われるのは靫正には不本意だ。陰でチカ&夕カと呼ばれていたことを知ったのが卒業間際でよかった。でなければ、そう呼ばれるのを打ち消して回っていたかもしれない。

「時代劇チャンネルで育ったからですよ。本当は母さまのことも母上と呼びたかったし、一人称も僕でなく拙者を使いたかったのですが、保育園のころに止められたんです……」

「止められて、命拾いしたな」

鷹羽は真顔で言った。

まったくだ、と靫正も思った。

学生交流センターは、広い学内のほぼ真ん中に位置している。建物は木蓮《もくれん》館と呼ばれていて、三月には建物沿いに植わった木蓮が咲く。一階には硝子張りの受付室と、学生食堂、大学生協、ラウンジがあり、二階は要予約の学生用の会議室や学生会の本部があった。

講義を受けたのは三号館の教室で、木蓮館まではたいして遠くないはずだった。なのに、鷹羽に捕まっていたせいか、学生食堂についたころには列ができていた。学生証で決済する手続きは入学前にしておかないと、ゴールデンウィーク直前まで使えない場合があるらしい。並んでいるのは一年生が現金で食券を買うせいで手間取るからのようだ。どこからともなく上級生のぼやきが聞こえたので、靫正はその場を離れた。そのまま学生食堂で昼食をとる気にはなれなかったのだ。

しかし腹は減る。生協も混んでいて、ぱっと見ただけでもわかるほど、すぐに食べられそうなパンやおにぎりなどといったものの棚はほぼ空っぽだった。校外に出るにも時間が惜しい。昼休み直後の三限もすぐに講義がある。

(やっぱりお弁当つくったほうがいいかな)

サクヤが気の毒そうに呟くのが聞こえた。答えようとしたが靫正は諦めた。

(若旦那のご相伴にあずかったら?)

靫正が答えずともサクヤは気にせずつづけた。若旦那とは鷹羽のことだ。彼は和菓子店の跡継ぎ息子なのである。

サクヤに言われ、靫正は木蓮館を出た。鷹羽は、一号館と二号館のあいだの中庭で、持参した弁当を食べると言っていたのである。その際、たくさんあるのでどうかと誘われたが、断ったのだ。鷹羽の相手をしていて遅くなったのだから、断りを撤回しても許されるだろう。そう考えた靫正は、中庭に向かう。

一号館は正門に沿ったL字形で、Lの底にあたる場所に平日の昼休み前後三時間だけ営業する売店もある。その近くには噴水やベンチもあるが、昼休みには丸テーブルと椅子も出されていた。そのあたりにいるはずだ。

しかし、一号館と三号館が接する渡り廊下の手前で、靫正はふと足を止めた。サクヤもほぼ同時に気づいたようだ。

(坊ちゃん、……その、関わらないほうがいいと思うけど)

サクヤが控えめに制するが、その声には半ば諦めの色が滲《にじ》んでいた。

靫正は、感じた気配を辿ってあたりを見た。

渡り廊下の手前にはベンチがあって、誰かが横たわっている。顔が白い。具合の悪そうな男子学生だった。靫正は彼をよく知っていた。学籍番号がすぐ前で、語学のクラスも同じ語学Bだったからだ。さっきまで同じ教室で講義を受けていたはずだ。

「真柴《ましば》くん?」

声をかけると、彼は目をあけた。

なんとも神経質そうな、繊細な顔立ちだ。

「具合が悪いようですが、だいじょうぶですか」

声をかけながらも靫正は、ベンチの後ろにうっすらとしたもやのような影を感じていた。はっきりとは、見えない。しかし、放っておくのもよくない気がする。

「ええっと……」

真柴は困惑したように靫正を見上げた。

「僕は宗近靫正です。語学で君のすぐ後ろに座っている」

「ああ、……」

彼は合点がいったように、うなずいた。ベンチの背に手をかけて、よろよろと起き上がる。そのまま彼は背もたれに身を預けた。

「朝食を抜いたからか、頭がくらくらして」

「なるほど。低血糖ではないですか」

靫正は言いながら、背負ったデイパックをくるりと前に回して、外ポケットに手を突っ込んだ。中から取り出したものを真柴に差し出す。非常用に持っている個包装の飴《あめ》だ。

「よかったらこれ、どうぞ」

目を丸くする真柴の後ろで、うっすらとしていたもやが、ゆらり、と揺れて、濃くなった。だが、その姿まではっきりとはわからない。サクヤが影の中で身構えているのがわかる。

「え、……どうして」

「どうして、とは」

靫正はにっこりした。「何か口にしたほうがいいと思ったからです」

「……えっと……俺は今、憐《あわ》れまれている……？」

確かめるように言われ、靫正は戸惑った。

「そういうわけではありませんが……」

「じゃあなんで？」

「具合が悪いままでは午後の講義に出られないのでは？　と考えたゆえの、お節介です」

幼児のごとき問いかけに、靫正はきっぱりと答えた。

真柴がますます目を丸くする。それに呼応するように、後ろでもやがゆらゆら揺れた。濃さが点滅するように変化しているのが気になる。

「……お節介って、自分で言うんだ」

「その、……僕には師匠がいるのですが、一門で、『自分にできることならば、困っている相手を手助けしていい』としているのです。だから、できないことはしませんが、できることはします」

ひとによっては我の強い主張に聞こえるだろう。しかし実際にこれは師匠が、無茶をしがちな姉弟子や靫正を案じてしきりに言う言葉だった。ちなみになんの師匠かを省いたのは、「術者としての師匠」と告げても理解してもらえないことは明白だったからだ。言わずに済めばそれでいい。ここで必要なのは言った者ではなく言われた内容である。

「師匠」

真柴はちょっと笑った。その背後のもやが薄まり、ふわっ、と消えた。

「宗近くんは……前から思っていたけど、武士みたいだな」

真柴が飴を受け取ると同時に、スルッ、とサクヤが影から抜け出すのがわかった。隠形しているサクヤは、影から影へと移動を繰り返すことができる。真柴の後ろからもやが消えたので、離れてもいいと判断したのだろう。靫正はそれに満足した。サクヤの判断はいつも正しいし、何より自分の意を汲んでくれる。最高の相棒だと、靫正は思っている。

「武士みたい、ですか」

ううむ、と靫正は唸った。「ありがたきしあわせ。――その、隣に座ってもよろしいですか」

「あ、うん」

「真柴くんも、その飴をどうぞ、口にしてください。少しは悪心《おしん》もおさまるのではないでしょうか」

「ありがとう。――そういう口調で喋るから、武士っぽいなあと思ってたんだ」

真柴は飴の包みを裂いてあげて、中身を口に入れた。裂いた袋を自分のパンツのポケットに入れたのを見て、育ちがいいな、と靫正は思った。

「おいしい……」

真柴はちょっと笑った。「体にしみるよ」

「ならばよかった」

思わず言うと、真柴は肩を揺らした。

「その物言いだとほんとに武士だな」

「……本気で武士になりたかったころがあったもので」

靫正は真顔で告げた。

武士になりたかったというより、武士だった、と思っていた。

夢の中で刀や弓を操って、戦っていた。

ひとを殺す手応えが、あった。

だから、自分を武士だと思い込んでいた。

が、それは今、語るべきことではない。

「子どものころ、ずっと時代劇チャンネルを見ていたので、ござるとか拙者とか使い出していたんですが、見かねた兄が、せめてとこのように矯正してくれました。今では感謝しています」

おかげで靭正は、身内以外の誰に対してもですます調で喋るようになった。やや大柄に成長しつつあり、表情がなくなると威圧感が強まる自覚があるので、この丁寧口調が身についていてよかったと今では思う。

「兄……」

呟く真柴の顔が翳《かげ》る。「仲、いいんだね、お兄さんと」

「年が離れているので、僕の無理難題に兄が折れてくれる、という感じかと。それを仲がいいというならば、いいのでしょう」

真柴のさまに、仲がいいと言い切ることをためらった靭正は、内心を押し隠して告げた。口にしたのはほぼ事実だ。しかし、聞く者によってはどうとでもとれるだろう。

「そうか……兄弟って、仲がいいものなのかな？　俺は、自分がそうじゃないから」

「宗近！」

鷹羽の声に靭正はほっとしたが、真柴はとび上がりかけた。ハッとしたようにあたりを見まわしている。

「え、……」

「おっ、おまえ、真柴だっけ」

荷物を手にして近づいてきた鷹羽に、真柴は戸惑いがちな顔を向けた。「俺、わかる？　同じ語学Bの鷹羽夏生」

鷹羽が名乗ると同時に、スルッと影の中にサクヤが戻ったのがわかった。靫正は思わず微笑む。

サクヤは靫正の心を読めずとも、いち早く望みを察し、叶えてくれる。こういうときは頼りになる。しかし口に出して経緯を説明しないのは、鷹羽に聞こえて、あとで何か言われるかもしれないからだろう。

「えっ……その、俺は、真柴、周《あまね》」

ためらいながら、真柴は名乗った。

「ところで、俺の許嫁がつくった弁当を食べないか」

鷹羽は言いながら、断りも入れず真柴の隣に腰掛けると、手にした荷物から弁当を取り出した。さきほど靫正もそのように誘われたが遠慮したのである。

「許嫁！」

真柴は驚きの声を上げた。鷹羽は得意そうな顔をして、いそいそと弁当の包みをひらく。食べかけていたのを包み直したのが明らかだが、真柴は許嫁という古くさい言葉に気を取られているようだった。

「足りないよりはいいだろうと、いつも余るほどつくってくれる。旨いぜ」

鷹羽は、突然現れた理由や許嫁の説明をまったく口にしないまま、弁当箱をあけた。二段重ねの弁当箱には、たまごサラダ、野菜の揚げ浸し、肉団子、ロールキャベツ、何かのカツなど、ほかにも何やらパッと見ではわからないおかずが、ぎっしり詰まっている。ところどころ食べた痕跡があるが、靫正は特に指摘しなかった。真柴も気圧《けお》されているのか、呆気に取られている。

「ちょっと持っててくれ」

鷹羽は弁当箱を真柴の膝に置くと、ごそごそと荷物をさぐった。靫正と似たようなデイパックだが、中からまた、包みが出てきた。今度はふたつ。そして、割り箸。

「おにぎりもたくさんあるが、あとでこれも食べてほしい。俺の試作品だ」

靫正の脳裏をいやな予感がよぎる。

「試作品……」

真柴が訝《いぶか》る。靫正は、そんな真柴越しに、じろりと鷹羽を見た。

「鷹羽くん……またしても懲りずに、材料の無駄遣いをしているとは」

「おい、宗近、言ってくれるな。おまえのお師匠に持っていけるように、甘さ控えめの柏餅を試しているところだ。だからおまえも食べろ。ついでに弁当も分けてやる。俺は心が広いんだぜ」

ふん、と鷹羽は鼻を鳴らす。

鷹羽を呼んできたのはもちろんサクヤだ。真柴が空腹で苦しんでいると察し、わけを話して来てもらったのだろう。鷹羽がわざわざ弁当を分けると宣言したのは、靫正が学食を諦めたことも併せてサクヤが説明したからに違いない。なんと有能な式神だろうか。

「そうまで言っていただけるなら、お言葉に甘えるとしますよ」

靫正は心の底から感謝して、鷹羽に向かって手を合わせた。


三人で中庭で昼食をとりつつ、いろいろと話した。鷹羽のつくった柏餅は、できは悪くなかったが、店を切り盛りする彼の母は商品として認めないだろうな、と靫正は思った。鷹羽の家はそこそこに名の知れた店なのだ。

真柴の後ろにいたうっすらとしたもやは、その後は現れなかった。靫正は午後の講義が四限まであったが真柴は三限で帰ったようでその後は会えず、確かめることはできなかったが。

靫正の、あやかしと関わる力はさほど強くはない。師匠曰く、サクヤを式神としてつなぎ止めているのだから、弱いわけではない、しかし強いわけでもない、とのことだった。特に術者の修業をしているわけでもない鷹羽も似たような具合だという。だから彼はサクヤが隠形していても声が聞こえるのだ。

強くなりたい、と靫正が訴えると、師匠は苦笑しつつ、鍛錬法は特にない、と告げた。それでもなお靫正は食い下がり、力の器である体を鍛えて大きくすれば、体の中に溜まる力が多くなるかもしれない、と可能性を示唆された。さらに、できるだけ気持ちを平坦にして、できればものごとを前向きに考えることが大切だ、とも。憂鬱な気持ちでは、うすぐらくよろしくないものが、同類と認識して寄り集まってくる。そういうものは人間の気を喰らう。あやかしと関わる力は気に等しい。力を弱めたくないなら、鬱屈しないほうがいいらしい。――もっとも、靫正はたまに埒《らち》もなく考えることがあるが、たいして鬱屈する性質ではない。

靫正は、そんなふうにしてめんどうを見てくれる師匠のような術者になりたいと、この何年か考えている。

師匠は最初のうちこそ、ふたりも面倒を見られないと言っていた。先に弟子入りをしていた少女がいたのだ。しかし靫正が毎週のように訪ねても明瞭には拒まれなかった。師匠が認めるより前に靫正が弟子を名乗るようになり、なしくずしに弟子入りとなったのだ。端的に言えば、押しかけ弟子である。

先に弟子入りしていた姉弟子も、もともと師匠からたいした指導は受けていないらしい。彼女は生まれつき強い力を持っていたので、鍛えるより制御が重要だったと師匠は説明した。ちなみに師匠の本業は小説家だ。以前より本業が忙しくなっているし、靫正にはサクヤがついているからと、放任されている。それでも、何か困ったことがあれば、ときと場合によっては手を貸すとは言われていた。

（あ、やっぱり寄るんだ）

帰宅途中で下車すると、影の中でサクヤが呟いた。

「うむ。……出てこられるか」

改札を出た靫正が告げると、ふっ、と傍らにサクヤが現れた。隠形している影から出るとき、サクヤは、自分が突然現れても、周りの人間が違和感を持たないように術をかけているという。実のところ、サクヤは仕える主である靫正よりすぐれた力を持ち、術を会得していた。

いつだったか、あまりにもサクヤがすぐれていて、なんでもできるので、靫正は、自分のような無力で何もできない者に仕える意味などないのではないか？　と尋ねたことがある。するとサクヤは笑って、俺は使われる道具だから、力があって術が使えても、自分だけでは何もできない、ふさわしく使ってくれる相手に仕えないとだめなんだ、と答えた。

サクヤを、使う、などと、靫正は考えたことがない。だが、サクヤは、使ってほしい、と望む。

噛み合わないことに靫正はとうに気づいていた。

「なに？」

サクヤが怪訝《けげん》そうに問う。靫正は、サクヤに合わせて歩をゆるめた。サクヤが微妙な表情をする。サクヤの定位置はいつも靫正の斜め後ろか斜め前なので、隣に並ぶと戸惑いがちになる。

「あれが何か、おまえにはわかったか、サクヤ」

「あの、真柴って兄ちゃんの後ろにいた、あれ？」

サクヤが問い返すと、一瞬だけ、ほんのわずかに、周囲の音や光が弱まる。サクヤが結界を張ったのだ。弱まった音や光はすぐに元に戻ったように感じられた。単に慣れたのかもしれない。

師匠の事務所まで、少し距離がある。人通りがあるので、込み入った会話になると、サクヤが結界を張るのはいつものことだ。結界の内側の会話は外に漏れないが、外からの音や光は感じ取れるようになっている。

歩きながら、サクヤはつづけた。

「ああいうのって、……その、本人の念だったり、どっかからの怨《うら》みみたいなやつだったりするんだけど……なんていうか……ちょっと違ってた」

「違っていた、とは」

「うーん」

サクヤは目を閉じて眉を寄せる。「坊ちゃん、生き霊ってわかる？」

「あれが、生き霊だと？」

「……死んでない感じがしたんだよねえ。ほら、弟君《おとうとぎみ》は死んでるでしょ。あれとは違ってた」

弟君とは、師匠の双子の弟だ。死んでいるが、幽霊……死霊として、師匠に憑いている。式神も同然のようで、力はとても強い。

「まあ、弟君はほかのあやかしとはちょっと事情が違うけども……ほかに死霊といえば、あの、ほら」

そこでサクヤは瞼《まぶた》を上げると、少しばかり不安そうな、やや嫌悪感の滲んだ表情を浮かべた。靫正はすぐにピンとくる。だが、靫正より先にサクヤが口を開いた。

「図書室の……」

「わかった」と、靫正は急いでうなずいた。

母校の図書室にいた司書は、もとはあやかしを忌む術者で、過去にサクヤをひどく害した。そのせいでサクヤは苦しみ、死ぬかもしれない目に遭ったのである。

当の術者は今では改心しているが、いくら友好関係になっても、加害した相手への苦手意識はなかなか消えないものだ。靫正も、会うと少しばかり緊張する。

その術者にも、死霊が憑いている。式神ではなくて、友だちなのだそうだ。本人たちの認識は一致していて、それがちょっとだけ、靫正にはうらやましい。

「よく考えたら僕たちの周りには、死霊が多いな」

「でも、死霊じゃない感じがしたんだよ、あの影。怨念を感じたけど、怨霊というほどでもない。……なんとなく、中途半端だったなあ。たぶんだけど、坊ちゃんと話すうちに、あの兄ちゃんの鬱屈が消えていったから、留まれなくなったんじゃないかなあ……という気がする」

「僕と話すうちに、か……」

ふむ、と靫正はうなずいた。「念のため、先生には報告しておこう」

靫正は術者としての師匠を先生と呼んでいる。

「聞いてくれる余裕があるといいねえ」

サクヤが不吉なことを言った。目の前の交差点を渡れば、商店街だ。

中高のころ、学校帰りに週に一度は師匠の小説家としての仕事場である事務所へ寄っていた。大学に入ってから行くのは二度めだ。先週はおみやげを持って訪ねた。

師匠の事務所に初めて来たとき、靫正は人生で初めてというほどに絶望していた。せっかく、ずっと一緒にいる約束を取りつけたサクヤが、呪いの毒によって本性の烏の状態で弱り、死にかけていたのである。

サクヤは幽霊などと同じ不思議な何かだ、という認識をしていた靫正は、自身もひどく具合が悪い状態で、従兄を頼って彼の店まで来た。従兄も靫正と同じで幽霊が見えたからだ。そのときに姉弟子と遭遇し、師匠のもとへ連れて行かれたのだ。

あやかしと関わる力は、陰陽に則って陰または静、陽または動があるとされている。といってもこれは靫正の師匠の、そして彼が今までに出会ってきた術者たちの考えなので、ほかの術者は違う表現をするかもしれない、とは言われている。

師匠と姉弟子は静の力が強い術者で、あやかしを癒すことができる療符師《りょうふし》である。ふたりにサクヤを治してもらったら、靫正の具合もすっかりよくなった。

そのとき、師匠に教えられたのだ。

ずっと一緒にいる、とサクヤと約束したとき、ゆびきりをしていた。それでふたりの命は結びつけられ、毒を受けたサクヤに引きずられて靫正の具合もわるくなったのだろう、と。つまり、サクヤが死ねば靫正も死に、靫正が死ねばサクヤもまた然《しか》り、となるらしい。

このゆびきりのまじないは、せいぜいこの一五〇年程度のあいだで用いられるようになったと、のちのちに知った。それ以前は式神を使い捨てるのが術者にはふつうのことだった。しかし、強い式神と繰り返し意思の疎通をして関係が密になると、おたがいに情が湧いて離れがたくなる。そうなったとき、あの世でも一緒にいよう、と約束を交わすようになり、その際にゆびきりをするようになったと聞いた。

靫正は知らずしてそれをサクヤに求め、サクヤもまた応じていたのだ。

ずっと一緒にいたいと願うのが自分だけではないと、そのときから靫正は確信している。だが、――同じ意味でないことも、わかっていた。

結婚式の宣誓は、「死がふたりを分かつまで」だが、このゆびきりは死後もつづく誓約と化すようだ。

靫正はサクヤと二度と離れたくないと考えている。その感情を言葉で表すことはできない。ただ、……友だちだ、と思っている。

唯一無二の、たいせつな友人。

しかしサクヤはそう思ってはいない。友人という認識を持っていないかもしれない。だからこそ、靫正に仕え、献身する。サクヤは、親しい相手と繫がる手段をそれしか知らないのだ。

わかってほしいと靫正は願ってしまう。

そんな彼と死後も一緒にいられるならうれしいが、ゆびきりを交わした人間とあやかしが、あの世まで一緒に行ったかどうか誰も確かめていないので、ほんとうにこのまじないに効力があるのか、謎ではあった。

師匠の事務所に行くと、姉弟子が夕食をつくっていた。

彼女は以前はただの弟子で、大学に入るまでは無償で師匠の食事の世話や仕事の手伝いなどをしていた。師匠の小説家としての仕事は、靫正が会ったばかりのころに比べると多岐にわたり、かなり著名になった。映像化された作品もある。

大学在学中はアルバイトとして俸給を得ていた姉弟子は、卒業後は法人化した師匠の事務所に就職した。やることは今までとあまり変わらない。ただ、事務作業が複雑になりはしたようだ。

姉弟子は、やや陰鬱な雰囲気ではあるがたいそう見目麗しい佳人だ。引きこもりがちのせいで顔がこわばり気味でやや威圧感を与えつつも男前な師匠とは、見た目だけならお似合いだと、靫正は初めて会ったときから思っている。

靫正の母は父の胃袋を掴んで結婚した。それを知っていたから、姉弟子が師匠に食事をつくるのは、そういう仲だからとふんわり考えていた。ふたりの年齢はやや離れているが、靫正の両親もかなり離れているので、特に違和感なくそう考えたのである。

しかしそれについては、いつぞやに姉弟子にきっぱりと否定されている。姉弟子は師匠を尊敬しているので、きらって否定したのではなく「そういう思い込みは師匠に迷惑だから」とのことだった。師匠も、そういう情があるかは謎だが、姉弟子に対しては責任を感じているらしく、何くれとなくめんどうを見ている。

そんなふたりを見ていると、甘い関係を経ずに家族になるのではないだろうか、と靫正は考えることがある。とても本人たちには言えないが。

もし言えば師匠は短絡的で陳腐だと呆れ、姉弟子は、ものごとを単純に考え過ぎたとたしなめることだろう。

事務所の広間はその昔、店のフロアだったそうだ。だからか、昔からあるソファセットと、新しく入った六人掛けの食事用のテーブル、そして師匠の執筆用デスクに、乱雑にものが置かれた棚があっても、さほど狭くは感じない。

靫正は食卓で夕食をいただきながら、師匠に大学で起きたことを話した。その補足をしながらサクヤも、自分の考えを述べる。

師匠はひととおり話をきいたあとで、あまり無茶をしないように、と軽く注意しただけだった。それと今は多忙なので、何かあってもよほどのことがない限り手助けはできないとも言われた。サクヤはそれを聞いて溜息をついていたが、特に苦情は申し立てなかった。

真柴の後ろにいるのが生き霊ならば、死霊よりは対処がしやすい、と忠告はしてくれた。サクヤなら追い払えるだろう、とも言われた。

師匠は以前は、弟子たちの動向に気を揉み、ことあるごとに理詰めで叱ってくれた。しかし歳月を経て彼もそこそこ歳を取り、今では報告を聞いても、少し考えてから、のっぴきならなくなったら手を貸すから、怪我をしないように気をつけて、と言うだけになっていた。

これは弟子たちに匙を投げたのではなく「無茶をしても自分で対処できるようになっているし、ふたりともに有能な式神がついているから」と判断したのだそうだ。

師匠はサクヤを有能と認めている。靫正にはそれが誇らしい。あまり強くない自分に従ってくれるのはなぜかと、師匠に尋ねたことがある。すると師匠はちょっと笑って、サクヤにとって大切なのは力の強さではない、自分が本当に心から敬える相手かどうかではないか、つまり関係性だ、と分析した。

それはそれで、靫正にはうれしいことだった。


夕食後、後片付けを終えた姉弟子と駅までは一緒だ。駅前で分かれ、靫正は改札を抜ける。

　姉弟子は駅の近くのマンションに住んでいる。本来ならその前まで送るべきなのだろうが、以前から、彼女の帰宅を見届けるのは、死んでもなおこの世に留まっている師匠の双子の弟の役目と決まっていた。

「それにしても、おっしょさんはだいぶん、丸くなったなあ」

　自宅最寄り駅の改札を出ると、サクヤが呟いた。「あんたを止めなくなった」

　事務所にお邪魔して夕食をごちそうになるとき、サクヤはいつも姉弟子の手伝いをする。なので食事もとる。

　あやかし、特に宿主のいる式神は食事をとらなくても特に問題はない。しかし食事をしたら、肉体がある場合は宿主に負担をかけずに済むそうで、サクヤは食べられるときに食べている。

　それに、靫正が師匠や姉弟子に会うとき、サクヤは必ず姿を見せ言葉を交わす。師匠と姉弟子には命を救われたから、靫正とは違った意味で特別に考えているのだろう。それに関しては靫正もたいそう感謝しているので、異論はない。

　そういうときの帰り道では、サクヤは隠形せず一緒に歩いてくれる。駅の改札で、自動改札機をするりと通り抜けられるサクヤは、機械に認識されていないようだ。サクヤには肉体もあるが、都合よく霊体にもなれるのだ。引きこもりとはいえ四百年以上ものあいだ存在してきたあやかしならではといったところか。

「止めてほしかったのか？」

駅から自宅のマンションまではちょっとした商店街を通る。パン屋や洋風居酒屋、文具店にスーパーマーケットが並んでいるが、二十時近いので、ほとんどの店は閉まっていた。営業しているのは、大通りに近いカラオケ店と居酒屋と深夜まで営業するスーパー、それと先の角に見えるコンビニエンスストアなどだ。

商店街なのに一方通行の狭い街路で、路面は車道も歩道も、コンビニエンスストアのある角までは石畳で、どことなくおしゃれっぽい。通り沿いにぽつぽつと立つ街燈が、歩道を照らしている。

そんな街路は、駅が近いせいで、まだまだ人通りはそこそこあった。

「もちろん、そうだよ」

「といっても、真柴くんとは同じクラスで、しかも学籍番号が前後しているんだぞ。関わらないままではいられんだろう」

「おっしょさんも、そう思ったんだろうけどさ……」

「それに先生も、サクヤがいれば何も危ないことはないと思っているのだろう」

やや不機嫌そうに眉を寄せるサクヤの顔を見て、靫正は微笑ましさを覚えた。サクヤが不機嫌そうな顔をするときは、ほぼ靫正の身を案じているときなのだ。つまりサクヤがどれほど自分をだいじにしてくれているかが測れてしまうのである。

とはいえ、靫正はわざわざサクヤの忠誠心を試したいわけではない。そんな顔をさせてしまうのを申しわけなく思う気持ちだってあるのだ。

「そんなに買いかぶられても困るんだけど。俺は……」

そこでサクヤは言い淀んだ。近くをカップルが通り過ぎる。

「俺は、しがない従者だからね」

サクヤは声をひそめた。

しがなくなどない。サクヤは謙遜しているのだ、と靫正は思う。だが。

――サクヤは長く生きてきた。そのほとんどの歳月を山にこもっていたのは、最初に仕えた主君の墓を守っていたからだとは聞いている。その主君がどのようにして亡くなったのかは知らない。語らないのではなく、サクヤ自身もかなり忘れてしまっているらしい。

正直なところ、サクヤが自分に仕えてくれるのを、靫正はありがたく思っている。といっても、サクヤの言う「仕える」については、異論があった。

靫正にとってサクヤは唯一無二のかけがえのない存在で、人間であれば親友といってていいだろう。

しかしサクヤはあやかしだ。人間とは違う感覚を持っている。そうでなくとも、彼が世の中で過ごしていたのは四百年以上も前なのだ。今とは文化や生活様式や、常識など、何もかもがすべて異なっていただろう。

　その感覚が未だに抜けないのか、サクヤは自身を「従者」と称する。そんな認識、今どきは古いといっても、それだけは譲れないとつっぱねる。自らを陰で付き随う者、つまり表立った場はふさわしくないと考えているのだ。

　だから靫正は、サクヤが、自分は従者だと主張すると、妙なもやつきを感じてしまうことがあった。従者として仕えているから、そばにいる。では、靫正を主君として認めなくなったら、離れていくのだろうか。……サクヤに問い質《ただ》して、そうだ、と肯定されたら悲しくて泣いてしまうだろう。

　靫正の近くには、男のくせにすぐ泣くなんて、と否定するような人間はいなかった。周りにいても近しい存在ではなかったので、耳を傾けてこなかった。悲しければ涙は出るものだ。サクヤが自分を見捨てることになったら、悲しくて泣く。きっと泣いてしまう。

　サクヤは、自身が主君にふさわしい従者でありたいと望んでいる。以前はたびたび、口に出していた。ならば自分はサクヤにふさわしい主君であらねばならないだろうと、靫正は考えている。だが、……靫正はサクヤに世話をされるのをありがたくは思うが、それ以上に、自分も、サクヤに対して何かできることはないかと考えてしまう。

「サクヤ、アイスを買いたい」

靫正は、コンビニのひとつ手前の角でそう告げた。するとサクヤは笑う。

「坊ちゃんはほんとうにアイスが好きだね」

街燈に照らされる白い顔が、靫正に向けられた。とても大切な、宝物を眺めるような表情が浮かんでいる。

「だからその、坊ちゃんはやめろと言っている」

しかし靫正は、少し恥ずかしい気持ちになっていた。今も、居酒屋から出てきて通り過ぎた何人かの男女が、会話を聞き咎めたのか、ちらりと視線を向けたあと、ひそひそと何か話していたからだ。サクヤも今は結界を張っていないのだろう。それはいいが、「坊ちゃん……」と漏れ聞こえた単語に、失笑じみた響きが込められていたような気がする。——被害妄想かもしれないが。

「……うう……また、むつかしいことを」

サクヤは困ったように眉を寄せ、靫正を見上げる。

以前は靫正がこんなふうにサクヤを見上げたものだ。靫正は小学校を卒業してしばらくは、小柄で可愛らしいと言われがちだったのである。それがたいへんいやでもあった。早く大きくなりたかった。

その願いは叶いつつある。

だが、もうひとつの願いは、未だになかなか叶いそうにない。

「おまえが僕の名前を呼ばないのは、どうしてかは、もう訊かない。だが、坊ちゃんと呼ばれると、未だに中学生以下のような気持ちがしてくるんだ、サクヤ」

靫正はコンビニの手前、閉店しているベーカリーの前で足を止めた。すぐ近くで立ち止まったサクヤの、淡い色の髪がふわふわ揺れている。淡い赤にも見える、虹色の髪。サクヤの本性は白く見えるが、本人は虹色鳥と自称する。

「じゃあ……ご主人さまって呼ぶのは？」

ちらり、とサクヤが上目遣いに見上げてくる。靫正は軽く首を振った。

「それは、いやだ」

「なんで」

「……」

靫正は黙った。その呼称はどうもいただけない、と感じる。大仰すぎるし、話に聞いただけのメイド喫茶みたいだ、と思ってしまう。

「僕はおまえが名前で呼ぶのがいやだという理由を訊かないだろう、サクヤ」

「……わかったよ」

はあ、とサクヤは溜息をつく。「とにかく、ご主人さま、はいやなんだね」

「ああ。……その、事情を知らない者にきかれても、違和感のない呼びかたにしてくれないか」

靫正は、言葉を選んで頼んだ。我ながら、うまく誘導できた気がする。だが、サクヤのほうが賢さは上だ。納得してくれるだろうか。

すると、サクヤがちょっと眉を寄せた。

「そうか……言われてみりゃ、その通りだな。実体化してたら、俺の声は誰にでもきこえるし」

考え込んでいる。意外にすんなりと思惑通りになったようだ。

「じゃあ、旦那、とかは？」

「鷹羽くんが若旦那じゃないか。かぶってる」

「お屋形さま」

「それはたいそう魅力的だが、時世にそぐわないな」

靫正は指摘しながら、とにかく主従関係につながる呼称はいやだな、と思った。訴えてもサクヤには通じないだろう。実際にサクヤにとって靫正との関係は主従なのだ。対等でないからいやだと前にも説明したら、サクヤには一笑に付された。事実、対等ではない、と返されてしまった。

機会があればこれについてはもっとしっかり話し合わねばならないだろう。最初に抗議したときはまだ靫正も今より幼くて、語彙も貧困で、反論できなかった。もっと大人になって経験を積んだら、この胸の中のもやもやをはっきりと告げられると思いたい。

「じゃあなんだろ……坊ちゃんがだめ……殿さまとか……」

「それもなかなかいいが、……せめてもう少し今ふうなもので頼む。サクヤも、山をおりて六年は経ったから、多少なりとも今どきの言葉に通じただろう？」

お屋形さまにつづいて殿さまも悪くないと思ってしまった靫正は、自分に半ば呆れつつ問いかける。

「今ふう……じゃあ、社長、とか？」

まさかの提案に、靫正は思わず額に手を当てた。

「おい、サクヤ、そういうのはどこで覚えてくるんだ」

「どこでって」

サクヤはちょっと笑った。困り笑いだ。

「やだなあ、俺はいつもぼっ……一緒にいるじゃないか」

とりあえず坊ちゃん呼びを控える気はあるらしい。いつまでもつかは謎だが。

「僕が寝ているとき、外に出ることもあるだろう？」

靫正に責める気はなかった。しかし物言いが恨みがましくなっている自覚はある。

サクヤはたいてい、靫正と一緒に外に出るときは影の中にひそむ。だがもちろん、そうでないときもある。

　山からおりてきたばかりのころは、この現代の世に慣れるためと、靫正が学校にいるあいだは離れてどこかへ行っていた。そして靫正が下校するときに迎えにくる。帰りすがら、きょうはどうだったか、何をしたかと、サクヤは靫正の話をききたがったが、同じように、靫正もサクヤに何をしていたか尋ねたものだ。それはそれで楽しかった。

　そんなサクヤはたまに、靫正が眠りに就くと、そっと外に出ていくことがあった。靫正がそれに気づくのは、サクヤがいないと怖ろしい夢を見て、真夜中でも目をさますからである。そのあとは、なんとか眠っても眠りは浅く、よくない夢を見る。サクヤの気配が感じられれば、すっと眠れるのに。

　だが、靫正はそれを、サクヤに話したくなかった。

「まあ、そうだけどね……」

　サクヤは弁解せず、溜息をついた。「出ていかないほうがいい？」

「そこまで僕はおまえを縛る気はないぞ、サクヤ」

　靫正は真顔で告げた。「それにサクヤが、僕のために見識を広げてくれているのは、わかっている。……どうせおまえはもう、前のように添い寝をしてくれないし」

　怖い夢を見るからそばにいてほしいといえば、サクヤはいやとは言わないだろう。

だが、もし、……どんな夢を見たかと訊かれたら。

憶えていない、と答えればいいだけだが、靫正は、うそをつくのが苦手だった。うそをつくくらいなら、言わないほうがいい。そう考えている。

「添い寝も、なあ。坊ちゃん、大きくなっちゃったからな……枕もとで丸くなってるくらいならいいけど、添い寝をしたら、寝返りのときにつぶされそう」

結局、「坊ちゃん」に戻っている。靫正はしかし、誰も聞いていなければそれも問題ないなとふと思った。

要するに、対外的にあまりふつうでない呼称だと気づいてしまっただけなのだ。

「……それは、まあ、ともかくだな。せめて人前では、坊ちゃんと呼ぶのは控えたほうがいい気がする」

「人前で……」

サクヤは眉を上げた。「つまり、坊ちゃん的には、坊ちゃんと呼ばれてるのをひとに聞かれるのが恥ずかしいの？」

「いや、恥ずかしいのもあるがな……」

「？」

サクヤは首をかしげた。そうすると、本性に戻ったときのように可愛らしい。

靫正は、どう説明したらいいか……と考える。

サクヤの外見は、せいぜい二十代の男だ。淡い色の髪と、何故かややちゃらついた薄着をしがちなので、あまりたちのよくない「ヤカラ」に見える。口調はどことなく軽く、声が柔らかい。話せばぱっと見とはまったく違う印象なのだが、話すまでは微妙に警戒心を抱かせる外見をしていた。

そんなサクヤが、鞍正を「坊ちゃん」と呼ぶので……つまり。

「サクヤ。僕は、サクヤの見た目も何もかも気に入っている」

「何、急に」

サクヤは怪訝な顔をした。「それは重々心得てるよ」

あやかしが人間の姿をとるときは、見た目をきちんと整える。人間に好ましく感じてもらうためなのだそうだ。人間に好かれたくてそうするものもいれば、騙すために見目麗しくなるものもいるらしい。

サクヤは容姿に自信があるのではなく、自分が人間にとって好ましく感じられる見た目を作り上げられていると確信しているのだ。

「ならばよかった。……つまりだな。大学は、おまえが現れても違和感がないだろう、サクヤ」

「うん。あんなにいろいろな風体のヒトがいるとは思わなかったよ」

鞍正の通う大和《やまと》学院大学は、在籍者はたいして多くないが、高校までと比べると、個性的な服装や髪型をした学生も少なくはなかった。

「ああ。おまえと似た格好の学生もいるが……だいたい、なんというか、その……あれなんだ」

靫正は言い淀んだ。どう言葉を選んでも、悪くない言いかたができないことに気づいたのだ。語彙が乏しいのもあるが、それだけではない。決定的によろしくない事情を伝えないとならないからだ。

「あ、もしかして」

しかしサクヤは、はっとしたように目を大きく見ひらいた。「俺の見た目が、ごろつきみたいってこと？」

「っ、そこまでは言っていない」

靫正はやや驚いて、サクヤをまじまじと見た。「誰かに言われたのか？」

「ええっと……」

サクヤは困った顔になった。「その、同類の、知り合いだよ……」

同類、とサクヤがぼやかしたのは、まさに今、靫正たちを追い抜いてコンビニエンスストアに入っていく客がいたからだろう。

「同類の、知り合い、とは」

「ほら、前にも話したでしょ。修繕屋の家系に憑いてる雷獣のじいさんだよ」

「むう……おまえからその雷獣の話はよくきくが……」

「長生きで物知りだからな。俺と違ってずーっとこの世にいたそうだし」

「それにしても、おまえをごろつき呼ばわりするとは」

「見た目だよ。まあ確かに、俺もわかっててやってるんだけどさ、この格好は。あんまり親切そうに見えても、無闇に話しかけられたら困るし」

サクヤは明るく説明した。「でも、俺がごろつきみたいな格好だと、坊ちゃんは困るの？　だったら……」

「別に、そうではない。……あー、つまりだな。僕はいいが……今のサクヤの見た目で僕を『坊ちゃん』と呼ぶのを、事情を知らないひとが見たら、……任侠映画みたいだなと、ふと思ったんだ」

サクヤは目を瞠った。「任侠映画」の説明をすべきか迷っていると、笑い出す。

「ああ、なるほどねえ！　そういうことか！」

ぶわははは！　と大声をあげて笑い出したので、近くを歩いていたひとがぎょっとしたような顔をして、避けていく。それに気づいたのか、サクヤは笑うのをやめた。すまなさそうな顔をする。

「ごめん、坊ちゃん……えっ……いや、ええっと……」

「今すぐ切り換えるのは無理そうだ。だからしばらくは、そう呼ぶのはよしとしよう。

だが、人前は別の……社長はだめだ。お屋形さまも殿さまもそぐわない」

「そうか……だったら、……若さま、は？」

サクヤは考えてから提案した。鷹羽と「若」がかぶっているのもあって反射的にだめだと言いそうになったが、すぐに思い直す。通りすがり程度の第三者には、それなら名前の略称ともとれると考えたのだ。

「さま、は要らない。若、と呼び捨ててくれるなら」

「若……」

サクヤは、不承不承というような顔で、呼んだ。

「では、しばらくはそれでいこう」

「しばらくはって……」

「よし、サクヤ、アイスは何がいい？　僕はバニラと抹茶にする」

訝るサクヤの腕をひいて、鞍正はコンビニエンスストアに入っていった。

弐 まよう主

（おまえはすぐれたあやかしだから、……私が死んだあとは、誰ぞに仕えるといい）

（何言ってんだよ。あんたを埋葬したら、俺は死ぬよ。あんたについてどこまでも行くんだから。どこへだって、あんたと一緒だ）

（こまった、やつだな……）

（何、笑ってんだよ！）

（そこまで言うならば……ならば、私は、この世に舞い戻ってくることにしよう）

（……ぬしさま）

（騒乱を起こし多くの命を奪ったからには、私は地の底に堕ちるだろう。……それでも、……罪科を雪《すす》いで、必ず、再び生まれよう……）

（俺も行く。一緒に、……連れていって）

（それはだめだ。おまえは、私ともう一度出会うまで、待っていてくれ）

（もう一度生まれるなんて、無理だよ。死んだらおしまいだ、……たとえできても、俺のことなんて、あんた、忘れちまうだろう？）

（忘れても、憶えていなくても、私は必ず、おまえのもとに戻っていく。最初に会ったときのように、おまえがどこにいても見つけ出す。必ず迎えにいく。だから、待っていてくれ。必ずだ……決して、あとを追ってくれるなよ）

靫正は、ひとりで寝ると、妙な夢を見る。

内容は、きれぎれにしか思い出せないが……楽しかったり、淋しかったり、大切なものを亡くしたり、傷つけられたり、誰かを憎く思ったり……ひとを殺したり、する夢だ。


夢の中で、何度も人生を繰り返すような感覚があった。

その夢を見るようになったのは、いつだったか憶えていない。ちいさなころから怖い夢を見ては泣いていた、と母が言うほどには昔からのようだ。ひとりで寝ると必ず見るので、母か兄に添い寝をしてもらうことが多かった。

靫正自身は憶えていないが、小学校に上がる前に、死んでしまう夢を見た、と母に話したそうだ。今でも母はときどきそのことを思い出して語り、最後は、死んだのは昔のことだからだいじょうぶとなだめた、と締めくくる。妙な物言いだ。まるで何かを知っているかのようだと、たまに靫正は思う。

ＳＮＳの家族グループで、母が「新米を送る手配をしました　ちゃんとごはん食べてね　野菜もよ」とメッセージを送ってくれているのを見て、またあの夢を見たな、と靫正は気がついた。

だが、大人になったからか、あの夢を見ても詳細はおぼろで、起きてからはあまり思い出せなくなっていた。ただ、あの夢を見た、と思うと、ざわっ、と肌が粟立つ。恐怖だ。こわい、という感覚がまざまざと蘇《よみがえ》る。

ゆうべはサクヤがいなかったのだな、と思った。

サクヤは以前、近くに借りたアパートの部屋に住んでいた。住んで、といっても、靫正の寝つく時間帯になると本性で戻ってきて、寝床に入ってくれたものだ。ぬくぬくふわふわの白い鳥と一緒に寝るときだけ、怖い夢をまったく見なくなった。

そんなサクヤだが、今朝は枕もとで本性になって丸くなってもいないし、影の中からするりと出る気配もない。しかも靫正には夢を見た感触がある。

夜に出ていくのは、仕方がない。そう自分に言い聞かせながら、さっさと着替え、荷物を持って寝室を出た。キッチンで動き回る気配がする。洗顔など身支度を済ませた靫正がリビングダイニングに入ると、サクヤが食卓を整えていた。

「おはよう、サクヤ」

「おはよう、今朝はパンだよ。お米がそろそろないし」

「母さまが新米を送ってくれるそうだ」

「いつ届くかわかる？　受け取りたいから……」

「あとで訊いてみよう。さすがにきょうあすではないと思うが」

そんな会話をしながら、靫正は食卓の自席についた。ほどよい色に焦げた食パンが二枚。ベーコンエッグはたまご二個とベーコン四枚だ。それにトマトや茄子、パプリカ、ズッキーニなどのラタトゥイユ。サクヤはつくれるのにラタトゥイユと発音できないので「洋風野菜煮込み」と言う。それと牛乳だ。

「いただきます」

靫正はちゃんと手を合わせて食べ始めた。パンはすでにバターが塗られている。サクヤがそこまでしてくれるのは、ふたりだけで暮らすようになってからだった。

以前は靫正も、母が早出のときは自分で適当に食べていた。あまりにも適当で、シリアルに牛乳をかけたものを流し込むようにして食べ、そのあとでバナナを二本詰め込む程度だったが。大食らいというわけではないと自分では思っているが、さすがにそれだけでは二時間めが終わるころには微妙に空腹だった。

「思ったんだけどさ」

サクヤは靫正が食べているとき、斜め後ろに立っている。もちろんこれも、一緒に暮らすようになってからだ。靫正としては、一緒に食べてほしいと思うが、サクヤは、ただじゃないから、と断るのだ。

「なんだ?」

ラタトゥイユは朝食がパンだと必ずついてくるおかずだ。母もつくり置きして出してくれた。サクヤは母と同じようにつくっているのか、同じ味で食べやすい。

バランスよく食べないと大きくなれない、と母に言い聞かせられたのを、靫正はかたく信じて、サクヤが山をおりてきてからは、なるべくなんでも食べるようにしていた。

野菜を好まなかったのも克服して、今では特に好き嫌いはない。

おかげさまで大きくなれた。もっと大きくならなければ。

「弁当、つくったほうがいいかなって……」

「そりゃあ、つくってもらったらありがたいが」

靫正は大学に入ってからは学生食堂を利用していた。代金は学生証の一括決済で親が払っている。家の留守番のためアルバイトもしていない靫正は、未だにお小遣いをもらっており、いくら学生食堂が安上がりでも、やや気が咎めてはいたのだ。

「よかった」

サクヤはほっとしたような声で言うと、音も立てずに靫正から離れてキッチンへ入っていく。カウンターの向こうでごそごそしたかと思うと、四角いものを手にして戻ってくる。

「つくったんだよ、これ。サンドイッチ」

「……おお」

サクヤが持ってきたのは、折り畳み式のプラスチックケースだ。軽量化のためか格子状になっていて、中身が見えた。ラップフィルムに包まれたサンドイッチが詰まっている。具は、ゆでたたまごのマヨネーズ和え、ハムときゅうり、チーズときゅうり、などだ。

「サクヤ、おまえはほんとうに器用だな」

すでに一枚めのパンとベーコンエッグの半分を食べ終えていた靫正は、感心しつつサクヤを見た。

「さすがに俺も、母上のお手伝いをしていたから、覚えたよ。パンしかないから、朝も昼もパンで申しわけない。お口に合うといいんだけど」

「……そこまでしてくれるのはうれしいが」

靫正は、ベーコンエッグの残りはんぶんをパンにのせてから、テーブルの横に立つサクヤを見上げた。

「今の俺にできることなんて、食事の準備くらいだしね」

「……夜中に出ていったのをそんなに悪いと思っているのか?」

靫正が問うと、サクヤは顔を引き攣らせた。

「気がついてた……？」

「……まあな」

靫正がうなずくと、サクヤはしょんぼりした。

「黙っててごめんね。急に呼ばれたからさ」

「いい、気にするな。怒っているわけではない。おまえが危ないことをしていなければ、それでいい」

靫正はそう言うと、ベーコンエッグをのせたパンを二つ折りにして、端からかぶりついた。中身がこぼれないように端の耳をぎゅっとつまむ。

呼ばれた、とは、誰にだろう。

サクヤは前は、昼間に余裕があるとき、自分で行ける範囲まで行って、それとなくあやかしの知り合いを増やしていた。そんな相手とは茶飲み友だちになっている。ときどき呼ばれて出かけるのは遊ぶためではなく、情報交換のためだ。周りで何が起きているか把握しておきたいと言われれば、靫正も、サクヤを止められない。

「……」

サクヤは何か言いたげな顔をした。靫正はそれを見て、急いで口の中のものをかみ砕いてのみ込む。

「サクヤ、本当に怒っているわけではない。ただ僕は、淋しかっただけだ。もし出かけるときは、前もって言ってくれればいい。急なときはどうしようもない。それくらいは僕も我慢する」

サクヤがいなくて淋しいのは事実なので、靫正は素直に告げる。

「淋しかったって」

サクヤは困ったように笑った。「坊ちゃんてば、いつまで経っても可愛いことを言うなあ。もう俺より大きいのに」

「ふふ」

思わず靫正は笑った。「そうか。僕はまだ、サクヤにとっては可愛いか。こんなに大きくなってしまったのに」

「だから前から言ってるでしょ。俺にとって、坊ちゃんが可愛いのは小さいとか見た目が……じゃなくて、坊ちゃんだからだよ」

慌てたようにサクヤは言い直した。それが靫正には微笑ましく感じる。

今はさすがに言われなくなったが、中学に上がってしばらくまで、靫正は「女の子のように可愛い」と言われがちな、可憐な容姿であった。そのころの写真を見ると、自分でも驚くくらいに可憐で可愛らしいのである。今でもうんざりするほどだ。

当時の靫正は、それを言われるのがたいそういやだった。名前を略すと「ゆき」になるせいもあって、女の子と勘違いされることもあった。

また、女の子のようと言われて嫌がると、それをからかわれたりもしたので、相手に暴力をふるってやめさせることさえした。見た目と内面が一致していなかったのである。

幼いころの靫正はTVの時代劇専門チャンネルをつけておけば世話も要らなかったと母が言うほどに、「武士になりたい」と考えていたので、女の子扱いをされるのがたいへんに不満だった。

「それは知っている。だから僕も、遠慮せず大きくなったんだ。早くサクヤより大きくなりたくて、なんでも食べたし」

「俺より大きくなっても、坊ちゃんは可愛い坊ちゃんだからね」

サクヤは笑った。屈託のない笑顔だ。靫正はほっとした。

怖い夢のことなどサクヤに話してはいけない。サクヤが気を揉むからだ。

サクヤは靫正の世話をしてくれる。母はあまり甘やかさないように、とは言ったが、食事をつくるのも掃除や洗濯などの家事もサクヤが率先してやってくれる。

しかし、靫正の学業や、友人関係、内面のことまでは踏み込まない。靫正もそこまで望みはしない。望んでいるとサクヤに告げれば、望み通りにしてくれただろうが……それではいつまでも、サクヤは従者として身のほどを弁《わきま》えてしまうだろう。

靫正は、サクヤと対等になりたい。だが、サクヤにとっては靫正の従者として世話をすることが存在意義なのだ。サクヤは自分がこの世にいるのは、靫正の世話をするためだと信じ切っている。

ふたりで見上げた桜が枯れた年の夏、もう何もすることがない、とサクヤはうなだれた。虚ろな顔をするサクヤに、会いに来る、と約束した。

夏休みが終わるときは、冬になったらまた来る、と靫正は告げた。サクヤは力なくうなずいたが、冬休みに行くと、顔を輝かせた。

あの山にいる意味がなくなったサクヤが、消えてしまうかもしれないと靫正は怖れた。だから、曾祖父が自宅を引き払うことが決まった年、サクヤを外の世界に連れ出したのだ。


教室は休み時間も飲食禁止だ。弁当を持ってきている学生は、晴れの日なら中庭のベンチを使ったり、木蓮館のラウンジを使ったりする。ラウンジは、空《す》いている時間帯なら持ち込みの弁当を学生食堂で食べることも黙認されていた。

靫正が教室を出ると、誰かが呼んだような気がした。廊下で窓ぎわに避けてから立ち止まる。振り向くと、最後に教室から真柴が出てくるのが見えた。その後ろに、ふわふわと黒いもやが見える。昨日より少し濃く見える気がした。

「やあ、宗近くん」

真柴の顔色はやはり昨日の昼と同じく、白い。体調がよくないときにもやが濃くなるのかもしれないな、と靫正は思った。

「真柴くんはこれから学食ですか？」

「……昨日は行列がすごかったから、尻込みしてしまって。今日もそうかと思うと憂鬱で」

はあ、と真柴は溜息をついた。

「きょうは朝食は食べてきたのですか」

話しかけながら靫正が歩き出すと、真柴も横についてくる。横を見ると、真柴は靫正より頭はんぶんほど低いのがわかった。全体的にひょろっとしている。サクヤもなかなかひょろっとしているように感じていたが、真柴が隣に並ぶとそれは勘違いだったと気づいた。

「うん、さすがに……たまごかけごはんだけど」

真柴はちょっと笑った。「俺、ひとり暮らしだから、自炊をしてるんだけど、手際がよくなくてもたもたするから……」

「ひとり暮らし……それはたいへんですね」

きのうはそこまで込み入った話をしていない。靫正はちらりと真柴の後ろを一瞥《いちべつ》した。黒いもやはのびたり縮んだりしている。生き霊が憑いていることに、真柴の心当たりはあるのだろうか。

「宗近くんは学食？」

「いいえ、僕はラウンジへ行こうかと。そこまで一緒に行きませんか」

わざわざ断りを入れたのは、なんとなく真柴についていたほうがいいと思ったからだった。このまま別れたら、また中庭で倒れ込んでしまうのではないだろうか。

講義のあった三号館を出て、木蓮館へ向かう。そのあいだにぽつぽつと言葉を交わした。それで、真柴が住んでいるのは大学から徒歩五分のマンションだとわかる。

「そんなに近かったら、朝はゆっくりできていいですね」

「うん、まあ……ひとりだと、気は楽だけど、やることがいろいろあって、たいへんだっていうのはわかったよ。でも、……いつかは家を出なきゃいけなかったし……」

ふと、真柴は顔を曇らせた。何か事情がありそうだと靫正は思った。もっと踏み込んで訊いたほうがいいだろうか。悩ましいところである。

「あっ」

靫正が考えていると、真柴が前方を見て声をあげて立ちつくした。やや怯えたようにも見える顔をしている。靫正も足を止めた。真柴の後ろのもやが、ぐわっと膨らんだのが視界に入ってぎょっとした。態度に出そうになるが、なんとかこらえる。

「周くん」

木蓮館から出てきた女性が、足早に近づいてきた。

「ゆう、……石原《いしはら》先生」

「きょうのおひるはこれから？」

彼女は真柴の近くで止まると、その肩にすっと触れた。触れる直前、しなやかな動きが、真柴の後ろのもやを振り払った。

（あっ）

サクヤが驚きの声をあげたが、それに、ぎゃっ、と呻《うめ》きがかぶさって聞こえた。黒いもやは、女性の手に振り払われたところから、ちりぢりになって消えた。

しかし女性は、何食わぬ顔をしている。靫正も平静を装った。

「うん、……そうです」

「よかったら一緒にどう？　そちらは、お友だち？」

女性はすらりとして、化粧っ気がなく見えたが、造作は整っている部類に入ると思われた。というのも、靫正は美しい女性なら姉弟子を見慣れているので、少し程度の美人では響かなくなっており、ふつうに見えてしまうのだ。ラフなシャツとパンツ姿に白衣を羽織り、髪は後ろで括《くく》っていた。研究者に見える。

「彼は、語学のクラスで俺の後ろの宗近くん」

「宗近くん、ね。周くんがお世話になっています。わたしは彼の遠縁で、石原由布子《ゆうこ》といいます。文学部で講師をしているの」

「文学部の……では、いつかお世話になるかもしれないですね。そのときはよろしくお願いします」

自己紹介をすると、石原の目がきらりと光ったように見えた。真柴が、あっ、という顔をする。

「その、ゆう……石原先生、」

「宗近くん、部活かサークルはもう決まったかしら？　この大学は五月に学祭があるんだけど、我が昔噺《むかしばなし》研究会はメンバーが足りなくて、展示室が借りられるか否かわからないの。頭数でいいので会員をあとひとり増やさないとならないんだけど、もしあなたがまだサークルを決めていないならどうかしら？」

息もつかず早口で石原が言い切った。靫正はぽかんとして彼女のよく動く口を見ていただけだった。

「ゆ、……石原先生……宗近くんが困ってますよ」

なおも言いつのろうとした石原を、真柴はおずおずと止める。その後ろにもうもやはない。

るのがわかる。
「頭数……ですか」
靫正が呟くと、真柴が、えっ、という顔をした。影の中でサクヤがそわそわしてい
るのがわかる。
靫正の反応に、石原は首からぶら下げたストラップを引っ張って、白衣の内側から
スマートフォンを取り出した。画面を操作してから靫正に向ける。『昔噺研究会』と
表紙に書かれた冊子の写真が表示されていた。
「昔噺研究会とは、こう書きます。読んで字の通り、昔噺を研究します。昔噺といっ
ても、広く知られているものではありません。なのでこの字を使っています。当会は、
一般的に知られていない昔噺、言い伝えを集めたり、分析したりしています。単位の
ないゼミのようなものです。そして、昔噺、言い伝えといっても、規模がとても小さ
いです。町……土地などの単位ではありません。一族、または個人宅、一般家庭など
に伝わる話を集めています」
長い。
こんなに一気に語るのを、師匠以外で聞くのは初めてだ。しかも、やや早口なのに、
滑舌《かつぜつ》がはっきりしていて聞き取りやすい。師匠もだが、興味のあることを語るとき、
ひとは立て板に水がごとくしゃべり出すものなのだなと、改めて靫正は感じ入った。
石原が口を閉ざし、窺っている。

「個人宅や一般家庭、ですか……それは、今どきむずかしそうですね」

靫正が感想を述べると、石原は顔をほころばせた。

「……きちんとお話を聞いてくれていて、ありがたいわ。宗近くんの言うように、近年、個人情報の扱いはかなり気をつけなければなりません。個人宅や一般家庭の言い伝えとはつまり、外には出されない、その一族だけに意味がある内容です。端的に言うと、その一族以外には公序良俗の点でよろしくない認識の言い伝えが多いです」

石原は断言した。おかしなことになってきたな、と靫正はちらりと真柴を見た。真柴は、何か言いたそうな顔をしているが、何も言えないようだ。

「資料を探すために廃墟に入ることもあります」

「廃墟に」

(えええええ。急に胡散臭《うさんくさ》くなってきたな)

サクヤが焦ったように言うのが聞こえた。

石原が、わずかに眉を寄せる。

彼女はゆっくりとあたりを見まわした。

「……周くん？　何か言った？」

「？　何も言ってませんよ」

真柴は怪訝そうな顔をした。

靫正は動揺を隠しつつ、あたりを見まわした。

「まあいいわ。とにかく、もしどこの部活にもサークルにも入らないなら、籍だけでいいので、入会してほしいの。去年の四月に創設して二年めに入ったばかりで、ひとを集めにくくて……」

「なるほど……」

靫正はやや上の空でうなずいた。

サークルの勧誘はともかく、石原がさきほどの黒いもやを払ったのは偶然だろうか。そこが気になっていた。それと、黒いもやが消えてから、真柴の顔色がよくなった気がする。昨日は気づかなかったが、あのもやが体調に影響を与えているとしたら、よくないのではないか。

「昔噺研究会が取り扱っているのは、あくまでも、言い伝えに含まれる……人間以外の存在です」

石原がさらに付け加えた。遠回しな表現に、靫正はゆっくりとまばたいて、石原を見た。

「人間以外の存在、とは……？」

靫正は、棒読み口調にならないよう努めた。「それは、いろいろと……その、デリケートな問題のような気がしますが」

靫正は、師匠のぼやきを思い出す。

師匠は、読み口の軽い、若年層向けのエンタテインメントを書いている。ジャンルはファンタジーだ。……こういった解説は、当人によるもので、靫正にはいまいちよくわからない。師匠を尊敬する気持ちがあるので著作を読もうとしたが、本人に止められた。もし靫正が楽しめなかったらそれはそれでショックだし、義理で褒められるのも嫌だから、と師匠は言っていた。

だから靫正は、師匠がどんなものを書いているか、詳しくは知らない、が……師匠がファンタジー作品で「人外」という単語を用いようとしたら、差別表現なのでと編集者に再考を求められたことがある、とぼやいていた。差別感覚が現代とまったく異なっていた昔、身分制度で「人間ではない」扱いをされた者たちがいた。しかし今やその感覚は否定されている。ゆえにチェックが入るらしい。

それと同じで、もし、一般家庭の言い伝えで「人間以外」について語っていた場合、実際に「人間でない」のか、「そのように扱っていただけ」なのか、後者の場合は今では口外できないのではないだろうか。

「宗近くんは、目から鼻へ抜けるようね。とても話が通じやすくていいわ」

賢さを褒められているのはわかったので、靫正は微笑んだ。

「俺にはなんのことかさっぱりわからないな」

傍らで真柴が肩をすくめる。

「でしょうね。周くんには悪いと思っているのよ。興味も関心もないことにつきあわせてしまって」

石原は真顔で真柴を見た。真柴は何か言いたそうな顔をしたが、石原は答えを待たず、すぐに靫正に視線を戻す。

「旧家に言い伝えられている話には、現代から見ると、人道的でない場合もあるから、外部におい それとは漏らさないものよ。さすがにサークル活動で扱える範囲ではないから、……当会は、縁故や伝手《つて》を辿って、百年単位で一か所に住みつづけているお宅の当たり障りのない話を聞かせてもらってまとめるのが基本的な活動です。年に一度、学祭で機関誌も発行しているのよ。今、そのまとめで多忙で、だから勧誘も手広くできないのだけど」

「基本的な活動以外で、廃墟に入ることがあるんですか？」

靫正の師匠は小説家だからか、ときどきとても回りくどい物言いをする。そのおかげか、靫正は、物言いの微妙さに気づくようになった。何かを隠そうとしつつ嘘はつかないように心がけると、言い回しが細かくなるのは靫正自身にもわかる。

石原は眉を上げげた。

「宗近くんは、鋭いわね。我々は、許可をいただけた廃墟に、立会人がいるときだけ、入らせてもらっています。廃墟と一口に言っても、いろいろあるわ。家屋だったり、公共の建物だったり、……個人宅の場合、家財が残されていることもあります。勝手に立ち入った者が持ち去っている場合もあるけれど、たいていはお金になりそうなものから先になくなっていくのは予想できると思いますが……個人の書き残したものはそうでもないの。ただし、当会はそうしたものを発見しても、勝手に持ち出すことはしません。立会人がいいと言ったら、お借りすることもあるけれど、たいていは資料として写真を撮らせてもらう程度よ」

個人の書き残したもの、と言われて咄嗟《とっさ》に思いつくのは、日記や手紙だ。廃墟といっても、二、三年で廃墟と化すことだってある。そんな家屋に残された、個人の日記や手紙。考えると、もの悲しい気持ちになる。また、祖父母の家をかたづけるときは、そうしたものをきちんと処分したほうが良さそうだな、とも考えた。

「活動内容はだいたいわかりました」

口を閉ざしたものの、石原がうずうずしている。木蓮館から少し離れたところで話しているので、往来の邪魔にはなっていないが、立ち話を長くしすぎたかもしれない。

「その、僕、すぐにはお返事できないんですが」

「そうね、もしよかったら、今週中に連絡をくれたらうれしいわ。だめでも気にしないので、……展示室の申し込みは週明けに抽選なのだけど、会員数が十名以下だと当選確率が低くなるの」

気にしないと言いつつもプレッシャーをかけてくる。しかし意識的ではないようで、靫正は思わず苦笑してしまった。

「わかりました。では、充分に検討します」

「宗近くん、無理しなくていいからね」

真柴が気の毒そうな顔をした。


学生食堂に行くふたりとは別れ、靫正はラウンジへ向かった。六人掛けのテーブルがびっしり並んでいる学生食堂と異なり、ラウンジは四人掛けの丸テーブルが並んでいる。大型のモニタにＴＶ番組も流れていて、その周囲には半円形のソファが置かれていた。

無料の給茶機でお茶をいれた靫正は、紙コップを片手にあたりを見まわす。ちょうど席を立った学生がいたので、近づいて、いいですか、と尋ねた。無言でうなずきを返されて去られたので、あいたテーブルに荷物を置く。椅子がひとつしかないのは、近くで別のテーブルに使われているからだろう。それはそれで相席を求められないので都合がいい。席につきながら腕時計を見ると、昼休みは半分近く過ぎていた。急いで荷物からサクヤのつくってくれたサンドイッチの包みを取り出す。デイパックを床に置いて、サンドイッチを食べ始める。

いつもなら、よく噛んで、くらい言いそうなサクヤが、影の中でじっとして、黙りこくっているのを靫正は感じていた。それもそうだろう。

石原は、サクヤの声を聞いたのだ。

サクヤは、靫正の影の中にいるときは霊体となっている。つまり、幽霊も同然だ。姿はともかく、声が聞こえるとしたら、それは、あやかしに関わる力があるのである。

しかも石原は、真柴の後ろのもやをはらった。

ひとの肩に手を置くとき、あんな動きをするだろうか。偶然とは考えにくい。

サンドイッチをもりもり食べながら、靫正は考えた。昼休み後半のラウンジは、食事を終えた学生が流れてくるのもあって、にぎやかというよりうるさいほどだ。そんな喧噪にまじって、どこからかスマートフォンの着信音が聞こえてくる。ふと思いついた靫正は、サンドイッチを二切れ残して、デイパックをさぐった。スマートフォンがすぐに掴めたのは奇跡だ。それを取り出して耳もとにあてる。

「サクヤ。どう思う」

小声で問いかけた。電話をしているふりをすれば、サクヤと話していても周りから奇異に見られない。これは姉弟子に教えてもらった方法だ。本当は、このような公共の場で電話をするのはマナー違反であるだろうけれども。

（どうって何が）

サクヤの声が聞こえる。もしほかの人間に聞こえても、これほど騒がしければ特に問題はないだろうと靱正は判断した。

「さっきの……」

（うん。あの先生、……俺の声が聞こえてたみたいだから、あやかしと関われると思うよ）

「では、あれを追い払っていたのは」

（術ってよか、あの先生と相性がよくないみたいな感じがしてたな……生き霊なら、先生と会ったことがあるのかも）

「そうか……」

（それより坊ちゃん、あの、なんとか会に入る気？）

「うむ……」

そこで靱正は唸った。

「おまえは、どう思う」

（え、俺？）

「そうだ。……その、気づかれたことを、気にしているだろう」

（そりゃあね。あの先生が、おっしょさんやお嬢みたいな術使いだったら……でも、

術使いだったら、あんな反応はしない気がする）

　サクヤの言う通りだ。靫正は納得した。

（俺、やっぱり前みたいに、学校までついてこないほうがいいかも……つい、ぼやいちまうから）

「そ、……れは、だめだ」

　思わず声を大きくしそうになったが、靫正はなんとかこらえた。近くのテーブルの女子学生が、ちらりとこちらを見る。靫正は身をちぢめて、声をひそめた。

「もう母さまの手伝いをしなくてもいいだろう？」

　靫正が大学に入る前、サクヤは学校にはついてこなかった。靫正はついてきてほしかったし、サクヤも少しは一緒にいたかったと思うのだが、靫正の母が、あれこれとサクヤに手伝いを頼むことが多く、日中は一緒にいられないのがあたりまえだった。

　それでもサクヤは下校時刻になると学校まで迎えに来て、一緒に帰るか、師匠の事務所に同行してくれた。そのあいだはずっと姿を見せていた。

　靫正を家まで送り届けたあとは、アパートに一旦戻る。そして靫正が寝るころに本性の白い鳥の姿で窓から入ってきた。

　白い鳥は、靫正が眠るのを枕もとで見守ったり、添い寝してくれたりした。

　できれば靫正はいつだってサクヤと一緒にいたい。ただ隠形しているサクヤの声が聞こえないと、本当に影の中にいるのかと不安になる。そんな靫正の気持ちを察していたのか、サクヤは、会話をできない状況でも、ひとりごとのように話しかけてくれていた。

改めて思い返せば、サクヤがそのように話しかけてくれているのを、今までも誰かが聞いていたのかもしれない。石原のおかげでそのことに思い至れたのだけはよかったと靫正は思う。

（それはそうだけどさ……家にいたらいたで、やることはあるし……）

「家事なら僕もやる」

ガラガラと音がして、靫正はハッとした。見ると、近くのテーブルで使われていた椅子が引きずって戻された音だった。顔を上げた靫正を見て、椅子を戻した男子学生が、あ、という顔をした。

「チカ！」

その呼び名に、靫正はウッとなった。

「……せ、先輩」

靫正が四年生、——高等科一年のときに六年生、つまり高等科三年生だった先輩だ。名前をすぐには思い出せないのは、部長、と呼んでいたからだ。

弓道部の部長だ。

「おい、おまえ、なんで弓道部に来てくれないんだ。タカに誘わせたのに、断ったと聞いたぞ」

「いや……まあ、その……」

「それに、こういうところで電話をするのはよくないぞ。マナーとして」

線の細い、神経質そうに見えるのに妙に豪快な先輩は、礼儀作法にうるさかった。いや、うるさいのではなく、正しく、厳しいだけだ。靫正は渋々、またあとで、と告げ、スマートフォンを置いた。

「おまえ、どこかに入る予定はあるのか？」

改めて先輩に問われ、靫正は口をパクパクさせる。この先輩も内部進学だ。早めに決定していたので、二月まで部活に出ていた。年上を敬う感覚が身に染みついているので、もう直接の関係はなくとも、やや緊張してしまう。

「ええっと……」

「どこにも入らないなら、弓道部に入れ。おまえがやめるなんて、もったいない」

「……どこにも入らないわけではないです」

靫正はふと思いついて弁解した。「さきほど、昔噺研究会というサークルに誘われて、入会を検討しています」

「昔噺研究会……」

部長は眉を上げた。「それは、石原先生のか？」

「ご存じですか」

靫正はぎょっとした。

「ああ。俺は学祭の実行委員でな。昔噺研究会は、現時点での会員が九名だ。学祭で催事が優先されるのは、教官は別格として、学部生、般教、部活、サークルの順だ。サークルが展示で教室借用の抽選を申し込むには、会員が十名いないとならないんだが……おまえが十人めか？」

「いえ、入るかどうかはわからないです……」

「だったら弓道部に入ってもいいじゃないか」

「それは……」

弓道をやめようと思ったのは、いつからだろう。

夢の中で矢を射ることがあったので、その意味を知りたくて、中学に上がってから弓道部に入ったのだ。上達するにつれ、夢での弓射と異なる感覚なのが明確になってきた。

夢では、ひとを射殺すために弓を引いていた。

このままではいつか自分は誰かを射殺すことになるのではないかと考えるから、やめることにしたのだ。それに、靫正が弓道部に入ると言ったとき、サクヤは浮かない顔をした。弓は物騒だよ、とだけ言った。

「……もしや、おまえ、……石原先生が目当てか」

部長は急に身をかがめてひそひそ言った。とんでもない勘違いに、靫正はふき出しそうになった。

「あっ、あの、その」

あまりのことに靫正は慌てた。

「そうか」

訂正する前に、部長はうなずいて身を起こした。ぽむっ、と肩に手を置かれる。

「石原先生は、なかなかの難関だぞ。昔噺研究会の存続のために、甲斐《かい》先生に後ろ盾についてもらおうと躍起になっていてな。もともとは歴史学部のゼミが発端のサークルだ。ほかに比べたらよほど真面目で正統派だ」

しかし廃墟に立ち入るのは正統派だろうか。靫正は内心で突っ込んだ。甲斐先生とは、靫正も講義を取っている教授だ。

「ずいぶんと詳しいんですね、部長」

「石原先生が立ち上げでがんばっていたのを憶えているんだ。正統派というか、学究系だから、参加者が集まりにくかったみたいだ。サークルといったら和気藹々と楽しく遊ぶくらいのイメージだし。単位が取れるわけでもないのに、勉強をしたいとは思わない学生のほうが多い」

部長の言う通りだ。ふむふむと靫正はうなずいた。

「まあとにかくそういう先生だから、がんばるなら俺は応援してやるよ。おまえが昔噺研究会に入っても、逆恨みをして抽選を不利にすることはしない」

「えっ、あの……」

「じゃあな」

部長はそのまま、手を振って去っていく。

これは……昔噺研究会に、入るしかないのか？　靫正は自問しつつ、残りのサンドイッチに手をのばす。

「ううむ……」

食べながら唸ったが、もうサクヤは何も言ってくれない。

このまま昔噺研究会に入らずに済ませたら、学祭の抽選時に会員数で露顕《ろけん》するだろう。石原に好意があると勘違いされるのは厄介だが、昔噺研究会に入らなかった場合、再び弓道部に勧誘されるのではないか。

弓道部に入る気はない。

昔噺研究会については、頭数でいいと言われている。

……つまり、そういうことだ。

靫正はサンドイッチを食べ終えると、テーブルの上をかたづけて、ラウンジを出た。

師匠に相談しようかとも思ったが、きのうのきょうで二日つづけて行くのはやめたほうがいいと判断した。多忙な師匠を煩わせるのは気が引けたのはもちろん、サークルに入るか入らないかくらい、自分で決めるべきだろう。

それでもなんとなく決めあぐね、迷うので、どうせならと従兄に会いに行った。

母方の従兄、藤木銀次郎《ふじきぎんじろう》は、師匠の事務所の階下にある喫茶店の店主である。もとは母方の親戚が始めた店だったのを、祖母が譲り受け、従兄が引き継いだ。

従兄は以前、兄や靫正に対して、もし警察官や検察官の試験を受けて不合格になったら自分のせいかもしれない……とすまなさそうに言ったことがある。それを聞いたとき、靫正は幼すぎて意味がわからなかったが、兄は察したようだった。兄がなんと答えたかは記憶にはない。だが、兄は従兄と仲がよい。結婚式にもよぶ、と兄は言う。

「ずいぶんとおもしろいことになっていますね」

小さくはない店だが、閉店が近いのでパートさんもほかの客もいない。カウンター席に座った靫正が昼休みのあれこれを語ると、紅茶をいれてくれた従兄はひっそりと微笑んだ。

「ジロさんだったら、どうしますか?」

四十を過ぎた従兄だが、昔と同じように兄がそう呼んでいたのを真似て呼ぶ。従兄弟というより叔父と甥と勘違いされるほどには歳が離れているので、さん、をつけるのは妥当だと靫正は思っている。

「どう……そうですねえ」

カウンターテーブルに紅茶を出しながら、従兄はわずかに眉を寄せる。

従兄は物言いも動作もやわらかだ。声も同じように……だが、母に言わせると、中学まではとんでもないいぐれっぷりだったそうだ。親戚が、警察官や検察官の試験に落ちるかもしれないと考えるレベルだったのだろう。

祖母が昔のことを嘆く場に居合わせたので兄も靫正も察したが、母はふたりに、そのことを従兄に言ってはいけない、と戒めた。自分が憶えてないくらい昔のことを祖父母などの年配の親戚に懐かしげに持ち出されて恥ずかしい思いをした靫正は、母の言いつけを守りつづけている。

「よくないことでもないなら、頭数としてだけ参加する……かもしれないですね」

従兄はそう答えながら、顎《あご》を撫でた。「まあ、私はもういい歳なんで……何か新しいことを始めるのには躊躇《ちゅうちょ》しますが、……ゆきくんはまだ、十八でしたか。もっと見識を広げたいなら、いろいろなことをするといいと思います。危なくない程度で」

「危なくない……」

靫正が繰り返すと、従兄は靫正の足もとを覗き込んだ。といってもカウンター越しだから、実際には足もとの影まで見えてはいないだろう。

「サクヤがいれば、たいていの危ないことは、なんとかなるのでは？」

「もう、従兄どのってば」

従兄の言葉に応じるように、靫正の足もとからサクヤがスルッと湧いて出た。

「サクヤも紅茶でいいですか？」

従兄に問われてサクヤはうなずき、靫正の隣に座る。

「ありがたくいただきますけど……俺がいりゃ、そりゃ、たいていのことはなんとかできるよ」

「そんな、危なそうな集まりなんですか？　昔噺研究会というと、かなりほんわかして聞こえますが」

「危なそうではないと思うけど……ただ、俺は曲がりなりにも坊ちゃんの式神だから。仕えている相手が危ないことに近づかないように気を配るのは、あたりまえだと思ってるんだぜ」

また坊ちゃんに戻っているなあ、と靫正は思ったが、言わなかった。サクヤが自分をだいじにしてくれていることがわかって、ニヤニヤしてしまったのだ。

「サクヤのお気遣いは助かります。私も叔母に言われていますからね。ゆきくんが、万が一、羽目を外すようなことがあったら、力尽くでいいので止めてくれと。しかし、できるだけ、力尽くは避けたいです……加減が、できないので」

銀次郎は困った顔で鞍正を見た。苦笑ぎみの従兄に、鞍正は肌が粟立つのを感じた。従兄はつねに自重しているが、激昂すると怖ろしいことになる……らしい。兄は知っているらしく、こっそり教えてくれた。

「しかし、ゆきくんが羽目を外すなど、想像もつきません」

従兄はそっと目を伏せた。手もとがなめらかに動いて、サクヤのための紅茶を注いでいる。

「母上は、遅い大学デビューがくるかもしれないって言っていたよ。大学デビューってのが何か、よくわかんなかったけど……」

サクヤが山をおりて六年が経つ。その前の何年かは鞍正が会いにいっていたから、世の中が変わったのもそれなりにわかっているようだった。しかし、街に出てきたときは目が回った、とあとで知らされた。聞くと見るとでは大違いだ、と。

サクヤは、鞍正の師匠が推測した通りならば、四百年以上、五百年未満のあいだ、ずっと山の中だけで暮らしていたのである。だから、現代の言い回しや、サクヤがひとの世で過ごしていたころとは意味が変わっている言葉などに戸惑うようだ。

「新しい環境に移ると、ひとは、それまでと違った自分になった気がするものです。それで、はしゃいだり、今までしたことのないことをしようとして、……厄介ごとに巻き込まれることもあるわけですよ。叔母が言ったのは、そういうことかと。――はい、どうぞ」

銀次郎はそう言いながら、サクヤの前に紅茶のカップを置いた。「これは、私の奢りです。いつも従弟のめんどうをみてくれてありがとう、サクヤ」

「いや、そんな……」

サクヤは困った顔になった。だが、出されたものを遠慮することはない。以前は遠慮したが、これを引っ込めたら捨てるしかないですね、と銀次郎が悲しそうに言ったので、しなくなったのである。

「お守りするのが俺の役目だから」

サクヤは、何かを怖れるように小さな声で呟いた。

おまもりとおもりは同じ字だな、と靫正は思った。

サクヤは未だに靫正を坊ちゃんと呼ぶ。最初からそうだった。そして、おまもりではなく、おもりをしてくれているのではないだろうか。

おもり、と靫正は考える。……自分はサクヤの「重り」になっているのではないだろうか。

「で、坊ちゃんは、あの先生のお誘いを受けるの？」

「入らなければ入らないで、弓道部の勧誘が強まりそうな気配があるからな……」

「ふうん」

サクヤは紅茶のカップに口をつけてから、すぐに離した。それからちらりと靫正を見る。

「サクヤは、心配か？」

「……まあね」

「名のみの所属だけでいいとも言っていただろう、真柴くんは」

サクヤに心配されている。それがうれしくて、靫正はにこにこした。サクヤはまた、靫正を見た。

「もう……ニヤニヤしちゃって……俺が気を揉むと、あんた、ニヤニヤするよね」

「サクヤに心配されてうれしいんですよ、ゆきくんは」

銀次郎が言い当てる。サクヤの白い顔が、微妙に上気した。

「それは、存じてますよ、従兄どの。まったく、ひとの気も知らないで……あの先生、俺の声が聞こえてたから、ちょっと気にはなる……」

「たとえ声が聞こえても、空耳や気のせいや、どこかで交わされる誰かの会話が聞こえただけかもしれないですよ」

銀次郎が諭した。「少なくとも、そういうことにしてしまうこともできますよ」

「おっしゃる通りですけどね」

カップを覗き込むかのようにサクヤはうつむいた。ちいさく溜息をつく。

「でも、……従兄どのが言うように、見識を広げるにはいいのかも。前からだけど、坊ちゃんって意外に、親しい相手がいないよね」

「鷹羽くんがいるじゃないか」

靫正はちょっと笑った。

名を出したものの、鷹羽に関しては腐れ縁で、ものすごく親しいつもりはない。ほぼ初対面で殴り合いの喧嘩になったことを恨んでいるわけでもないが……あのころより鷹羽もだいぶましになった。相変わらず思い込みは強いが、信念もある男なのだ。それに、そばにあやかしがいる、という身の上の共通点で、会話の種がほかの者より多くなるだけである。

「若旦那はさあ、あんたとご同類だろ？」

サクヤはちょっとだけ笑って、靫正を見上げた。靫正はなんとなく、ほっとした。

サクヤはやはり、笑っているほうがいい。

「そのとおりだ。だから鷹羽くんとは話が通じるというだけではある。……僕が友だちをつくらないことを、サクヤは気にしてくれているのか」

　カウンターの中で、従兄は何やら作業をしている。もうすぐ閉店なのでかたづけているのだろう。会話が聞こえても素知らぬふりをしてくれるのはありがたい。

「気にしてというか……実はあんまり気がついてなかった。だって俺、今まで坊ちゃんが学校でどう過ごしてるか、知らなかったし」

「気づいてなかったのか。だったら問題ないのでは」

「問題あるでしょ。坊ちゃんに、若旦那以外で親しくしてる相手がいないなんて、想像してなかったよ」

　サクヤは真顔になった。「坊ちゃんみたいな子に親しい相手がいないなんて、おかしいじゃないか。見た目も気立ても最高なのに」

　やれやれ、と靫正は思った。サクヤは本気で言っている。

　いつもサクヤは無意識で、靫正を手放しで褒めるのだ。

　靫正は、恥ずかしさと妙な悲しさを覚えた。

　サクヤは、あやかしだ。人間に拾われ、式神として人間に仕えた。だから、仕える主君がいないと存在意義を見失うのである。

　式神であるあやかしと人間の主従関係において、二者が信頼で結ばれている場合、あやかしは自分の主人を「この世で最高の存在」と考えるようだ。もちろん、そうでない場合、――術者に調伏《ちょうぶく》されたあやかしが力尽くで支配された結果、式神として使われていたら、式神は術者にたいして怨恨を抱くときもあるという。

サクヤは、自分の仕える相手が「最高」だと思っている。たぶん、仕えるのが宗近靫正でなくとも、そう思うのだろう。

それは、人間に仕えることを知っているあやかしの性《さが》なのだ。

靫正がサクヤと毎日会えるようになったのが小六の冬休み。それから六年経っている。その間に靫正は、あやかし、……サクヤのような式神について、いろいろなことを学んだ。

靫正の身近にいる式神たちにとってもっとも重要なのは「必要とされること」「仕える相手の役に立つこと」だった。しかしそれは、式神となるあやかしに刷り込まれる本能のようなものにすぎない。

あやかしは、まだ夜が今のように明るくなかったころ、人間が夜の闇を怖れた気持ちが、自然そのものや動物や器物に宿った結果だと、師匠は言う。ちなみに師匠はそういう話をするとき、「よそでは違う認識の場合もある」ときちんと注釈をつける。本人は職業病だとぼやくが、つねに「情報を正確に伝える」ようにと気を配るため、注釈をつけずにはいられないようだ。

とにかく、そうしたあやかしであるサクヤは、靫正を自分の主人と認識しているようだ。ようだ、というのは、「仕えている」という認識はあっても、あやかし特有の主人を呼ぶときの「ぬしさま」という名称をサクヤが使うのは、何百年も前に死んでしまった相手にだけだからだ。坊ちゃん呼びがいやだとそれとなく水を向けても、サクヤは靫正を「ぬしさま」と呼ぼうとはしないのである。

……いや、べつにそう呼ばれたいわけではないのだが。

「サクヤ、そこまで褒められると恥ずかしいから、ほどほどにな」

複雑な気持ちになりつつも、靫正はそれを表に出さずに言った。

何はともあれ、靫正が望んでいるのは、サクヤに「仕え」てもらうばかりでなく、自分もサクヤに何かしたい、ということだった。

「それにな、サクヤ。僕はそれなりに、ほかのひとたちとうまくやっている……つもり……は、ある、ぞ」

きっぱりと言い切れなかったのは自信がないからだ。

今はそうでもないが、高等科に進む以前は、姉弟子に言動を注意されることがあった。姉弟子から見ると靫正は相当に危なっかしく、彼女曰く、「男の子らしい無神経さ」が目についたらしい。

確かに今となっては靫正も、いくら中学生だったとはいえ「髪が長いからおとなしいと思っていた」などと姉弟子に言ったのは、かなりまずかったとわかっている。

見た目だけなら美人の部類の姉弟子はつややかな美しい髪をしていて、そのせいで、ぱっと見はたいそうお淑《しと》やかに見えるのだ。

だが彼女の見た目と内面の差はやや激しい。お転婆《てんば》でも男勝りでもないが、はっきりとものを言うし、沸点は高くはないなあ、と靫正は思う。もちろん、それを姉弟子に言うのは愚かなことだと弁えてもいたので、絶対に口には出さないが。

「それに、僕がもし鷹羽くんくらいに誰かと親しくなったら、どうしたっておまえのことを紹介しないとならないのでは？　その場合、どこまで紹介すべきなんだろうか。そのあたりが僕は気になっている」

「え、もしかして俺のせいなの？　坊ちゃんが、その、友だちをつくらないのは」

サクヤはぎょっとした顔をした。淡い色の目が大きく瞠られている。このサクヤの瞳の色を見て、榛《はしばみ》色ですね、と言ったのは、苦笑を堪えながらカウンターの中を整理整頓している従兄だ。

「いやいや。親しい友だちをつくらないのは、単に僕の性格だ。学友はいるが、サクヤが言っているのはそういうのではないのだろう？　僕はサクヤにいつもそばにいてほしいし、もし誰かと友だちになったらサクヤの話をしたい。だがあいにく今まで、あやかしを見られるひとに、鷹羽くん以外では会ったことがなかった。見られる、と自称するひとはいたがな」

そこで靫正ははたと気づいた。

石原は、サクヤの声を聞いていた。つまり、姿も見えるかもしれない。見えるならば、……彼女にサクヤのことを紹介できるかもしれない。

靫正は、一度でいいから、サクヤを存分に自慢したい、とつねづね思っている。師匠や姉弟子やその他の関係者以外に、だ。もうみんな慣れて聞き流すからだ。

「えええ……なんでそんな……」

サクヤは呆れた顔をした。「俺の話って……遠縁の親戚って？　俺、確か坊ちゃんの母上の大叔母さんの孫ってことになってるんだっけ？」

「それは合ってる」

ややこしい関係性を思い出して、靫正はうなずいた。「だが、僕は、いつもそばにいてくれる式神だと紹介したいと考えているんだ」

サクヤは何度も目をしばたたかせた。

「本気？」

「……だめなのか」

サクヤの物言いが短くなるのは、怒っているとまではいかないが、靫正に対して、それはどうなのか、と思っているときだ。

「だめというか……見えても、式神とか、あやかしとかの話が通じる相手じゃなかったら、どうするの？」

「だから、あやかしが見えるのがふつうだと考えられるひとでないと、親しくなれる気がしない。それに、……僕と親しい友だちになれるひとは、そういう話をしても気にしないと思う」

　靫正は本気だった。

　親しい友だちなら家族の話をすることもあるだろう。靫正にとってサクヤは家族と同じ、……いや、それ以上の存在なのだ。

　だが、式神のサクヤは、自分のようなものは使い捨てられて当然だと考えている。……師匠が言うには、昔は術者にとって式神は道具でしかなかったそうだ。サクヤも、そのように前の主人に使われていたのかもしれない。それを考えると、悲しくもなるし、腹も立つ。

　だからその認識を、サクヤにはぜひ、ぜひ改めてほしいと、靫正はつねづね思っているのだ。口に出して言えばサクヤは頑として聞きいれないのは想像がついたので、そのように誘導しようと励むばかりである。

　サクヤは呆れ返ったようだった。

「……いや……まあ……うん、そういう奇特なおひとが坊ちゃんの友だちになってくれるように、俺もがんばるよ」

　サクヤはなんとか気を取り直そうとしているようだった。「今は隠形してるから、坊ちゃんの周りにどんな子がいるか、よくわかるしね。坊ちゃんと友だちになれそうな、相性のいい感じの子がいたら、教えるよ」

「それでだな、サクヤ」

　靭正は、椅子ごとサクヤに向き直った。「僕は昔噺研究会に入ろうと思う。石原先生は、おまえの声が聞こえていた。だから、おまえがあやかしだとわかっても、驚かないかもしれない」

「……はあ」

　サクヤはぽかんとしている。

「石原先生と友だちになったら、……いや、先生だから、友だちとは違うが……とにかく、おまえを自慢できる！」

「な、何言ってんの?!」

　サクヤは仰天した。

「だって、サクヤ。みんなもう、僕がサクヤを自慢しても、聞き流すじゃないか。僕はもっと、おまえを、すごい、と言われたい」

　サクヤは正面を向いた。

「従兄どの。わかる？」

サクヤの問いかけに、銀次郎は苦笑した。

「まあ、なんとなくは。……ゆきくんにとって、サクヤは自慢の種なんですよ」

「なんでわかっちゃうの？」

サクヤは頭を抱えた。

「そうは言いますが、サクヤ。君だって、ゆきくんを自慢するときがあるのでは？」

その指摘に、サクヤはうっと呻いた。

「そりゃあ……坊ちゃんは、最高だし……式神なのに、俺に、とてもよくしてくれるから……最高だと思うのは、しかたないよ」

サクヤは頭を抱えつつ、ぼそぼそ言った。

だが靫正は、サクヤにとっての「主」でありたいわけではなかった。

肩を並べ、対等であり、同等でありたいと願う。

ふたりの気持ちは噛み合っていないどころか、すれ違っていると靫正は考えている。

サクヤに指摘する気は、靫正にはない。

だが、彼の勘違いはいつか、絶対に、正してもらうつもりだ。

「ところでサクヤ、きょうのサンドイッチはとてもおいしかった。ゆっくり味わえなかったのが残念だった……」

靫正も前に向き直った。サクヤは頭を抱えるのをやめて、うーん、と唸る。

「お弁当、つくるのはいいんだけどさ、母上から新米が届くの、あした以降だよね。冷凍ごはんは夕食にとっておきたいから、朝はどうしてもパンになる……冷凍パンは、まだあるから、またサンドイッチになっちゃうけど、それでもいい？」

「もちろんだ！」

靫正は力強くうなずいた。

サクヤが世話をしてくれるのがうれしくて、食事に関してはまかせっぱなしだ。

サクヤは、靫正の母に教わって、味つけも、巧みに手順を省いて手早くあれこれ整えるのもできている。冷蔵庫や冷凍庫、ガス台や電子レンジなど、現代の調理器具も、いったいどうなっているのかと不思議がりながらもきちんと使いこなしている。冷凍したものを解凍してもおいしく食べられることが、サクヤにとってはもっとも不思議で、そしてたいそう気に入っているようだった。

「でも、きょうのと同じ具だよ。ゆでたまごときゅうりとハムとチーズ」

「どれもおいしかったから、同じもので充分だ」

靫正は心の底から告げた。

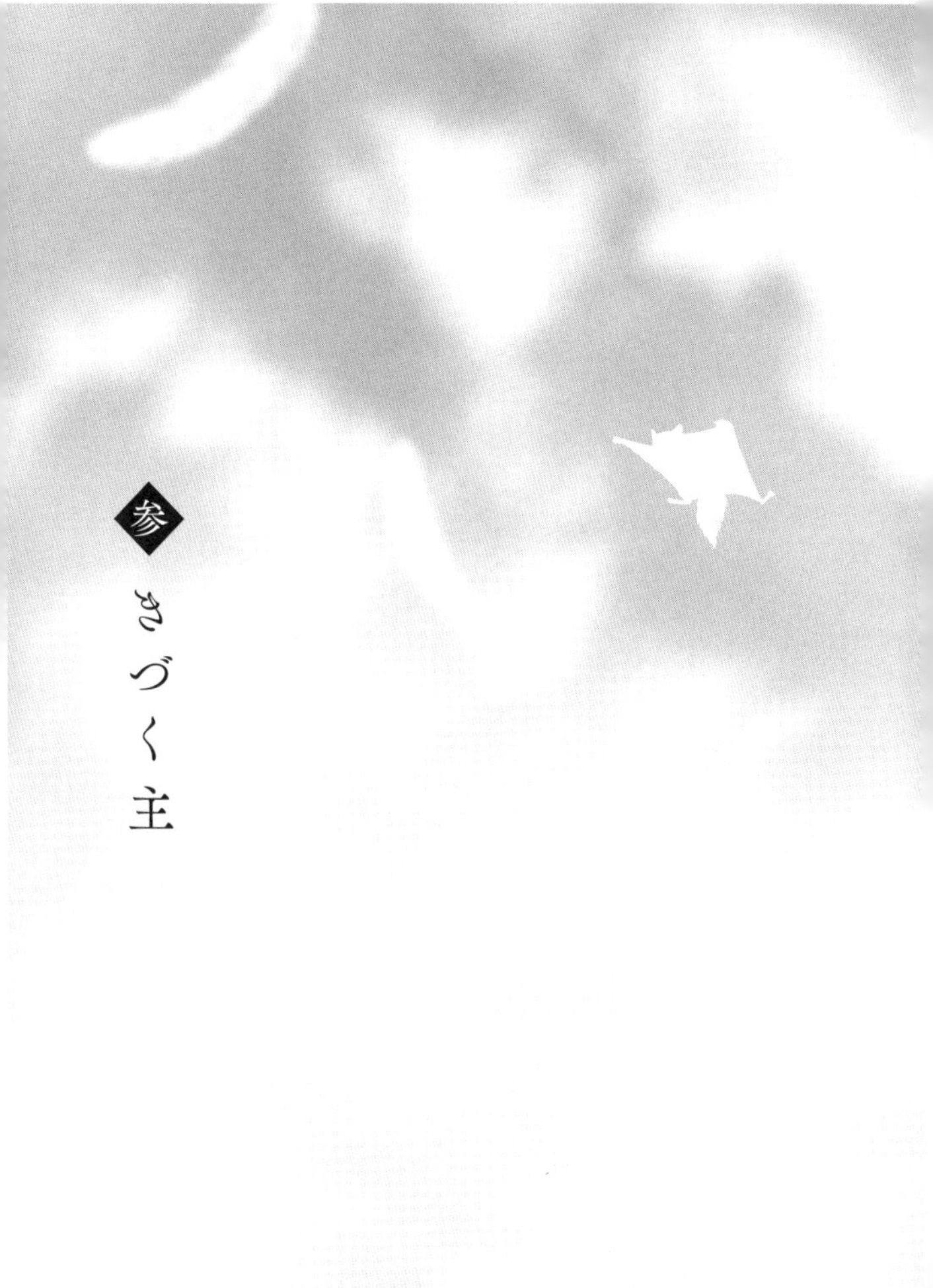

参

きづく主

その木はとても大きかった。広がった枝の下は薄暗く感じるほど。

枝についた花は白いはずなのに、淡い朱色にも見えた。

（きれいだなあ）

思わず言うと、彼はうれしそうな顔をした。

（きれいだろう）

得意満面でうなずいている。

相変わらず彼は黒尽くめだった。それが黒い着物なのは、さすがにわかるようになっていた。

（この木は、この山ではいちばんでかいんだ……）

彼の言う通り、ほかの木はここまで大きくない。この木は、遠くからもよく見えた。

咲いている花を目印にして、登ってきた。途中まで石段があったが、坂道が急になると、なくなった。

そこから五分ほど、曲がりくねった登り坂を歩くと、また石段になる。そこをのぼりきると、平坦な場所に出る。

たいして広くないこの場所に、木は生えていた。奥は岩壁だ。上から見ると崖だろう。

そっ、と風が吹いた。はらり、はらり、と花びらが舞う。

そのさまを見上げる彼は、どことなく悲しげに見えた。

(さくや、だ)

彼は不思議そうに振り返った。

(なに?)

(咲くやこの花。この木、……桜の……おじいさまが、言っていた。桜の神さまは、さくやという名だって。ここにいる白い鳥は、きっと桜の神の化身だと……だからおまえはさくやというのだな)

彼はちょっと笑って、頭を撫でてくれた。

(坊ちゃん、そのうたの、花、ってえのは、この桜じゃなくて、梅の花のことらしいぜ。このはなさくやは、姫神さまだな。……俺、……俺のサクヤって名前は、……)

頭に置かれた手のあたたかさがうれしくて、彼が何を言っているかも気に留めず、ただ笑った。笑みがこぼれた。

風もないのに、花びらがふわふわと漂い落ちる。彼は手をそのままにして、木を見上げた。

(あんたも、楽しいのかい)

木に向かって話しかけているようだった。

やさしく撫でてくれる手は、父ほどには大きくない、骨張って薄く感じられ、さわってみたくなったが、ためらわれた。

彼が触れてくれるのはうれしいが、自分が触れたら、彼は逃げてしまいそうな気がしたからだ。

(坊ちゃん、俺の名は、姫神さまとは違う、射るための矢だよ。まっさきに敵まで飛んでいって、射殺すための矢……俺は、そのための道具だ。……だから、ちゃんと、使ってもらいたいんだけどね……)

(使う?)

道具と言われても、日の前にいるのはひとだ。首をかしげると、彼は木の枝を見上げたまま、ふふ、と笑った。

(坊ちゃん。あんたが俺を、使ってくれるのかい?)

笑いながら、彼は言った。思わず、頭に置かれた手をむんずと掴む。すると彼はやっと、こちらを見てくれた。

(使うのは、いやだ。——でも、一緒にいよう)

道具を使う、ということはわかる。

だが、彼は道具ではない。だから、使うことなどできない。

それが、幼い頭で考えて出した結論だった。

彼の話す声を聞いたり、笑顔を見たりすると、うれしくなるし、安心する。……自分も、彼にとってそうありたい。

（あしたも、おやつ持ってくる。柏餅）

（餅菓子、好きなんだねえ）

彼は苦笑した。

（もうすぐ、こどもの日だから……）

（こどものひ？）

彼は首をかしげた。柏の葉に包んだ柏餅のことも知らなかったので、彼が知らないことは多いのだろう。

（今はゴールデンウィークだから、おじいさまの家に来てるんだ。この前は、春休み。その前……最初に会ったときは、冬休みだった）

（ごーるでん、うぃーく）

彼は目をしばたたかせた。（ふうん……まあ、よくわかんないけど、あんたがここに来るときは、近くにいるときだってことか）

（そう。いつもは違うところにいるから。横浜……）

そう説明しながら、掴んだ手を、そっと握った。彼はふふっと笑って、握り返してくれる。

(浜ってことは、海のそばかい?)

(そう! 海、行ったことある?)

(ああ。むかし、むかしだなあ……)

彼は、ちいさく笑う。

笑っているのに悲しそうにも見えて、胸の奥がぎゅっと詰まったように感じた。

その笑顔から、悲しみを取り除きたい。

――自分にそれができるだろうか?

選択科目の講義で真柴と一緒になった。休み時間になってから昔噺研究会への入会希望を告げると、たまげていた。

昼休み、真柴に連れられて、昔噺研究会の借りている木蓮館の二階端にある小部屋へ行った。今年の昔噺研究会のサークル室だという端の部屋は、ホワイトボードと六人掛けの会議机と椅子だけで一杯だった。そこで石原に入会の旨を告げる。ただし、頭数としてだけ、と、口頭ではあるがしっかりと約束した。個人宅や一般家庭に伝わる「昔噺」を掘り起こすのはなかなか興味深いが、同時に、ひどく危うくも感じたからだ。それについては石原も承諾した。週に一度の会合に出てくるのは三名がせいぜいだという。残りの五名は、その三名が縁故で名のみの参加をとりつけ、昔噺研究会の実質的な参加者は石原とその三名だけということもわかった。真柴も出られるときは出るらしい。

入会申込書を記入すると、紹介の冊子がもらえた。文庫本ほどの大きさだが、丁寧につくられている。鞆正はサークル室を辞してから、ラウンジでサクヤのサンドイッチを食べつつそれを読んだ。可愛い絵とわかりやすい文章で一頁にひとつの項目が書かれている。

知られていない昔噺の収集と分析。会合は週に一度、水曜日にあり、月末の週末にはフィールドワークと称して遠出をする。その際、自家用車を持つ学生が車を出すか、人数によっては石原がミニバンを借りることもあるらしい。また、夏休みの合宿。学祭には展示。などなど。

最後の頁には石原の手書きとおぼしききれいな字で、会員の学籍番号と氏名が記入されていた。会長は石原由布子。以下会員。最後に真柴の名前がある。この次に鞆正の名前が載るのだろう。

頭数としてだけのつもりではある。が、サクヤの自慢をしたくもある、……そのためには、なんとかして石原があやかしと関われるか否かを確かめなければならない。

次の会合にはひとまず出てようすを窺おう、と靫正は決意した。

しかしサクヤはそんな靫正に呆れた。

呆れるだけでなく、石原があやかしと関われるかもわからないうちは、会合の日には隠形しない、とも言った。

サクヤがいないのは淋しい。だが、兄が「土日だけじゃなくて水曜も会社が休みになればいいのに」と言っていたのを思い出して、サクヤにも休みが必要と考え、渋々ながら承知した。


学内で振り当てられたメールアドレスは、学籍番号のユーザ名と大学ドメインの組み合わせとなっている。

週のはじめに、会合の通知メールが学内アドレスに届いた。昔噺研究会は、少人数のサークルなのに、学内サーバに専用掲示板もあった。学祭で展示もできるかわからない規模のサークルにしてはずいぶんと優遇されている印象を受ける。ゼミ発祥だからだろうか。

会合は四限のあとだった。講義が終わってから覩正はサークル室に向かう。思い返すとあの部屋は六人掛けのデスクしかなかった。会員が全員、会合に出る想定をしていないのかもしれない。しかし今さら後には引けないし、遠慮をする気もなかった。

師匠に話せるようにいろいろと憶えておかねば、と改めて覩正は気を引き締めた。師匠は時間のあるときであれば、覩正の話を、愚にもつかぬことでも楽しそうに聞いてくれる。むしろ、覩正が愚にもつかぬと感じることのほうが身を入れて聞いてくれるようだ。

師匠が、姉弟子はともかく、幽霊が見える程度で特に何かできるほどに力が強いわけでもない覩正を弟子扱いしてくれるのは、仕事柄、他人と会うことが少ないかららしい。姉弟子に対しては最初のころはいろいろと指導をしていたようだが、力の質や傾向が違う覩正には指導はせず忠告のみにとどめていた。それはそれで淋しいものである。だが、そうやって話を聞いてくれるのはうれしかった。

覩正は、自分の力がたいしたものでない自覚はあるし、誰かを助けるにしろ、できるかどうかもわからないが、サクヤのために、もう少しなんとかできるようになりたい、とは思ったりする。

サクヤは自身を道具として使ってほしがる。使ってほしい。そう言うので、そばにいてくれるようになった最初のうち、靫正は、サクヤの願いをかなえるために、自分がすぐれた術者になるべきだと思い込んでいた。だが、サクヤが「式神は使い捨てられるもの」と考えているとわかると、そう思えなくなってしまった。

それでも、今よりもっとちゃんとした術者にならなければ、サクヤに見限られるかもしれないとも考えてしまう。

サクヤがいないと、ついサクヤのことを考えてしまう。そんな自分に苦笑しつつ、靫正は木蓮館の二階へ上がる。五限のある講義や部活動の兼ね合いで、交流センターは十八時十分まであいている。とはいえ、学生のほとんどは帰途につき、一階の生協も学生食堂も入り口にベルト式のパーティションが立てられ、中に入れないようになっていた。受付室に職員がいるくらいだ。

会合の部屋に向かうと、ひとの声が聞こえる。使用中の会議室もあるので、そちらかと思ったら、目的の部屋から聞こえていた。扉があいたままとはいえ、そこそこに大きな声ではないか。

「甲斐先生が協力してくれれば、もう少し……」

石原の声が非難めいていることに気づいたのは、あいた出入り口の前に立ってからだったので、我ながら間が悪い、と思ってしまった。

「こんにちは……」

出入り口からまっすぐ見える奥の席に座っているのは石原である。

その斜め前、つまり、靫正に近い席の前に立っているのは、赤毛の男だった。赤毛の後ろ髪はやや長く、結わえられている。なのに男だと思ったのは、背が高く、肩幅もしっかりしていたからだ。

靫正の声に、赤毛が揺れて振り向く。やはり男だった。

髪は染めているのではなく、外国人のようだった。鼻梁《びりょう》がスッと高く通っている。彫りは深いものの、どことなく甘さの漂う顔立ちだった。二十歳ほどに見える男は、男前と可愛らしいの中間ほどではないだろうか。靫正は冷静に分析した。

「宗近くん」

石原が驚いたように立ち上がる。

「会合のお知らせがきたので、来てみました。一度は顔を出したほうがいいと思ったので……」

告げながら、靫正は石原から、赤毛の男に視線を移した。加入の際に石原から、本格的に活動しているのは三名で全員女子学生だと聞いていた。彼は、誰だろう。

改めて見て、高い襟だなあと気になった。よく見ると、彼が着ているのはチャイナカラーの中国服、――長袍《チャンパオ》だった。襟がうなじを覆っており、正面も、顎の下が合わせ目になっていて、肌はほとんど見えない。大学にはいろいろな服装の学生がいるが、これはさすがにめずらしいのではないだろうか。太極拳や中国拳法のサークルがあるのだろうか。

「伊吹《いぶき》さん。彼は宗近くん。新しく加入してくれた一年生よ」

「なるほど。彼のおかげで無事に展示室がとれたんですね。それはよかった」

伊吹と呼ばれた男は、にこにこした。靫正は、このタイプの笑顔を知っているなあ、と思った。サクヤがいなくてよかった、とも思った。サクヤはこの手の、にこにこしながら腹に一物どころか三つは何かを抱えていそうなタイプが苦手なのである。師匠の式神である死霊の弟がこのタイプだ。

「初めまして、僕は一年の宗近靫正と申します」

靫正が名乗ると、伊吹は、ああ、という顔をした。自己紹介の必要にいま気づいた、とでも言いたげだ。

「僕は伊吹千草《ちぐさ》だよ。甲斐教授の秘書をしている」

てっきり外国人の学生だと思っていたので、靫正は二重の意味で思わず目を瞠ってしまった。名前が完全な日本人名で、しかもまだ若く見えるのに学生でない。すると
伊吹は愉快そうに笑った。

「秘書というのは名目で、なんというか、弟子みたいなものだったんだ」

「お弟子さん、ですか。では、研究生……？」

靫正は世間話のつもりで問う。すると伊吹は首を振った。幼さの残る顔に、懐かしげな表情が浮かぶ。

「弟子、だったというか……まあ、僕は途中でやめざるを得なかったので、今はほんとに、ただの秘書だなあ」

そう答えると、伊吹は石原を見た。「とにかく、教授は、石原さんを心配はしているんだ。それだけは忘れないでね。じゃあ、また」

「よろしくお伝えください」

石原がそう言うと、伊吹が部屋から出ようとしたので、靫正は脇にのいた。伊吹は通り過ぎざま、ありがとね、と小声で言う。

次いで、靫正はふしぎな匂いが鼻をくすぐるのを感じた。いい匂いだ。香水ではないし体臭でもない。雪の積もっていない冬の山で嗅いだ匂いだ。……枯草の匂いに似ている。

靫正はそんなことを考えながら、彼の背を見送った。

「宗近くん。まさか来てくれるとは思わなかったわ」

石原の声で我に返った。

「活動に貢献できるかはわからないですが……」

「ありがとう。そこの戸はあけておいて。閉館のときに職員のかたが見廻りにくるから、……前に気づかなくて、閉じ込められかけたのよ。たいへんだったわ」

靱正が部屋に入ると、石原はそう言った。なので扉は閉めずにおく。

「甲斐先生に、秘書がいるんですね」

大学教授に秘書がつくのはめずらしいことではないだろう。歴史学部の甲斐教授は、民俗学関係の講義で教鞭を執っている。靱正も受けている講義だ。たいそう興味深い内容なのだ。

「私設秘書よ」と、石原は説明した。「どうぞ、座って」

「あの伊吹さんは、大学にではなく、先生に雇われているということですか？」

靱正は椅子に腰掛けつつ、問う。

「そうなるわね。もともとは、甲斐先生の生徒だったと聞いているわ」

石原は、靱正をまっすぐに見た。「ところで、早速で悪いけど、宗近くんのおうちには、言い伝えのようなものはないかしら？　些細なことでもいいわ。迷信で、夜に爪を切ると親の死に目に会えない、夜に履物をおろすとキツネに化かされる、などがあるのだけど、夜に爪を切ると親の死に目に会えない、というのは実に合理的で、昔は爪切りなどなくて、身近な刃物で切っていた。さらに夜はとても暗かったから、手もとが狂って傷がついて、今ほど衛生的でもなかったので、その傷がもとで死んでしまう、つまり、親より先に死ぬことを意味した、というのが通説です。履物についての迷信も、夜の暗い中を履き慣れていない履物で歩くのは危ないとか、そういうことらしいわ。どちらも、現代には意味がよくわからなくなってしまっているでしょう？　そういうちょっとしたエピソードみたいなのは、ない？」

サークルの説明をしたときの早口になっている。しかも異様に長い。それでも興が乗ったときの師匠で慣れているので、靫正は彼女の言いたいことを、雑にではあるが把握した。

「そうですねえ……」

石原が期待に満ちたまなざしを向けてくる。

彼女があやかしに関われる力があってもなくても、サークルの存続に必死になっていることに、靫正は好感に近い興味を抱いた。他者を意図的にひどく傷つけるなどしなければ、情熱を傾けることがあるのは、悪くはない。情熱は人生を豊かにする。師匠はそう言うし、靫正も同感だ。

靫正の情熱の行き着く先は、自分に仕えてくれるサクヤ自身だ。サクヤにそばにいてほしい、という望みをかなえつづけるために生きている、と言ってもいい。

だから、石原の問いかけを適当にあしらわず、いろいろと考える。石原は言うだけ言って気が済んだのか、急かさずに待っている。

石原が例に挙げた「夜に新しい履物をおろさない」という迷信は、祖母に言われたことがある。父方の祖母だ。

山間《やまあい》の古い家。長いことずっと住んでいて、昔はそのあたりの領主だったそうだ。といっても、現状は特に格式が高いわけではない。領主というより庄屋か、せいぜい陣屋だったのだろうと靫正は考えている。蔵の中には古そうな武具もあったが、曾祖父が出征しているのに戦時中の供出を免れたとは思えないので、戦後に買い集めたのではないだろうか、と兄は言っていた。真相はわからない。

曾祖父を、靫正は思い出した。幼いころ、祖父と曾祖父が親子とは想像もついていなかった。初めてそのように認識したのは、祖父が、自身の父が出征したとき、裏山に、無事に帰ってこられるようにと山神に頼みに行ったと話したときだ。そのおかげで戻ってこられた、と曾祖父はしわがれた声で呟いた。夏の終わりだった。

その話を憶えていたから、次の休みに遊びに行ったとき、雪が降ったあとに裏山に行ったのだ。

……雪まみれになって帰った靫正は、曾祖父に、誰かが助けてくれた、と話した。すると曾祖父は、山神さまに会ったのか、と返した。子どもを好きな山神さまがいる。代々、家の子どもはその山神さまに必ず一度は会う、と。もし山で迷ったら、桜の木を探せ、とも言った。真冬で雪が降っていたら、桜の木など、見分けがつかないのに
……靫正は翌日も山へ行き、まんまと迷ったが、桜の木はすぐに見つかった。とても、

大きかったのだ。花が咲いているように見えたのは、葉のなくなった枝に積もった雪だった。闇夜の灯りのように靫正を導いて、再び、彼と巡り合わせてくれた。

あの桜の木の下には鬼が眠っていたはずで、……彼はその、墓守だった。

「……山の中で迷ったら、桜の木を探せと、祖父に言われました」

靫正は、ためらいつつも説明した。「田舎の裏山に、昔、大きな桜の木があったんです。今はもう、なくなってしまいましたが……」

鬼のことは言わずにおく。

あの桜の木が咲いたのを見たのは、サクヤに会いに行った初めての春だけだった。あれほどに美しい桜を、靫正はいまだかつて見たことがない。

夏休みに訪れた靫正は、枯れて根だけになっているのを見て驚いた。サクヤが言うには強風で倒れ、幹は腐り落ちたそうだ。

ずっとずっと一緒にいたんだ、と言うサクヤは、ひどく淋しそうで、悲しそうで、虚ろな表情を浮かべていた。

サクヤにとってあの桜が特別な存在で、失った今は悲しくてたまらないのだと、そのとき靫正は悟った。小学校に上がったばかりでも、それくらいはわかった。

そして、サクヤを置いていってしまった桜など忘れてほしいと思った。

桜の代わりにはなれなくても、ずっとそばにいようと決めたのは、そのときだった。

顔を出すだけのつもりだったので、石原が靫正の話をノートパソコンでまとめ始めたのをしおに退去した。

閉館までまだ時間はあったが、館内はしずかだった。会合はほかに誰も来ないのだろうか。そんなことを考えながら階段をおりると、女子学生二名が入れ違いに二階に上がっていった。会員かもしれない。

木蓮館を出た靫正は、正門に向かって歩いた。

二号館の玄関前にさしかかったあたりで足を止める。

玄関は建物の中央にあり、一階の東側には歴史学部の教官室と研究室、西側は教室が三つある。

一号館と三号館のあいだから中庭をよぎって入れる渡り廊下の終点が、二号館の玄関だ。半分だけ扉があいている。通り過ぎようとしたとき、その前で、何かがしきりに跳ねているのが見えたのだ。

跳ねた、のではなく、繰り返し、跳ねている。

「……?」

靫正は気になってそちらへ足を向けた。サクヤがいたら止められただろうなと考えると、ちょっと淋しくなった。そう感じるのはいつものことなので、我ながらどうかしているとも思う。

声が聞こえた。だが、誰もいない。

「ふむ、ふむっ」

玄関で跳ねているものが、声を出しているのだ。

ぽむっ。

「ふむっ」

ぽむっ。

靫正は思わず頭をめぐらせた。

そんな音が聞こえるような何かはほかになかった。

「ふんむっ」

それは、半分だけひらいた扉から中に入ろうとしているが、そこにクッションでもあるように押し返され、弾んでは、また入ろうと挑んでいる……ようだ。

靫正はもう一度、あたりを見まわした。建物の中、近くに人影はない。外も、学生が通るのは見えたが、距離がある。声は届かないだろう。

サクヤがいれば結界を張ってもらえただろうに、と思う。自分でできるようになるべきだな、とも考えた。師匠に教えてもらえるだろうか。

「もしもし」

「きゃっ」

声をかけると、跳ねていたものが驚いたように空中でぱたぱたした。羽ばたいているのだろう。……しかし、鳥ではない。

「何をなさっているのですか」

靫正は声をひそめつつ、大真面目に問いかけた。すると、靫正に背を向け、ぱたぱたと逃げようとしていたものは、ぱたぱたと向きを変えた。

「おお、あなたは小生に驚かれないのですか」

空中をヘリコプターのように浮遊するのは、ももんがだった。

つぶらな瞳の可愛らしい生きものは、皮膜を鳥の羽のようにぱたぱたさせているのだ。尋常なももんがではない。ももんがは高いところから滑空するだけで、鳥のように地面から飛び上がったりはできないし、ましてや中空に浮かびつづけることなどできないはずだ。

「ええっと……ももんがさん。もしや、野衾《のぶすま》では？」

「なんと！　小生の正体も看破しておられる！　さぞや名のある術使いでは？」

ももんがはつぶらな瞳でじいっと靫正を見た。可愛らしい。ひらひらする皮膜にも、靫正はそわそわした。

「いいえ」と、靫正は苦笑した。「ただ、以前に野衾のかたにお目にかかったことがあるだけで、僕自身はたいした者ではございません」

「そのようにご謙遜なさるとは、これは、これは」

靫正は事実を口にしただけなのだが、ももんがは謙遜と受け取ったようだ。しかし誤解されたことより、ももんががなぜここにいるのかを先に解き明かしたくて、靫正はさらに問う。

「何をしていらしたのですか？」

「ご主人さまのお手紙を届けにまいったのです」

ご主人さまというならば、このももんがは式神だ。

ももんが……正確には、あやかしの野衾は、生物としてのももんがと異なり、遠くまで飛べるので、いつからか術者が手紙などを運ばせるようになったらしい。

「しかし、何度ためしても、この建物に入れず、困っておったのです。前回来たときは、難なく入ることがかなったというのに……」

ぱたぱた。

靫正は少し考えてから、ももんがの前に手をのばした。

「よろしければ、僕と一緒に入ってみませんか？」

「……？　あなたさまはこちらに入れるのですか？」

「問題はないと思います。ですので、試してみてはどうでしょう」

正直なところ、ただ触りたいだけである。ももんがに。

しかし靫正の思惑など気づいていないのか、ももんがは警戒もせず、ふわりと手の上に降り立った。ちいさな手足の感触に、靫正はひりつきを覚える。そわそわもした。近くで見ると、ももんがはさらに可愛らしい。

「さて……」

皮膜に触りたかったが、少し会話をしただけのももんがにそう言えるほど靫正も厚かましくはない。ももんがを手にのせて、扉のあいだから二号館に入ろうとした。

「わあ」

とたんに、ぴょいっ、ともももんがが手の上から跳ねた。靫正は慌てて手をのばし、がしっとももんがを掴む。ふにふにしてもふもふしていた。これは棚からぼたもちならぬももんがではないだろうかと、ちょっと後ろめたさを感じた。

「だいじょうぶですか」

しかしそんな内心を押し隠して問う。

「いやはや……受け止めていただき、助かりました」

靫正のそっと握った手の中で、ももんがは前肢をあげると、恥ずかしがるように頭に手をやった。可愛らしいしぐさだ。しかも、前肢をあげているので、側面の皮膜が手にふれる。ふわふわでくにくにしていた。

　靫正の顔は自然とゆるんだ。サクヤがいなくて淋しいが、いたらこんなふうにおおっぴらに、このももんがを堪能することはなかっただろう。サクヤがいないのは淋しいのだが……それとこれとは別だ。靫正はそう自分に言い聞かせた。

　もふもふを堪能するのは悪いことではない。たぶん。

「すっかり油断しておりました。小生、迂闊《うかつ》」

　愛らしい生きものは、自分の不明を反省している。さすがに靫正の良心が痛んだ。実のところ、ももんがが危ない目に遭ったのは、手のひらにのせて入ろうとした靫正のせいである。しかし、ももんがは気づいていないようだ。

「その……お手紙を渡したい相手はどなたですか？　この時間帯は、いないかもしれません。もうかなり遅いので」

　尋ねながら靫正は、そっと握っていた手をひらいた。ももんがが手のひらで立っている。そのさまはまるで童話かおとぎ話のように不思議な光景だった。

「ああ……それは、困りました。こちらにいらっしゃるはずなのです。今日中にお渡ししし、なんなら、お返事もいただくよう、仰せつかっているのです……」

　ももんがは、あげたままだった手……前肢で、頭をわしゃわしゃとかきまわすようにした。可愛い。靫正は、ももんがの気を悪くしないよう、神妙な顔をつくった。

「その、どなた宛てでしょうか？　僕が、いるかいないかだけでも、確認してこようと思いますが……」

さすがに申しわけない気がしたので、そう提案した。本当は早く帰りたかったが、困っているものがいて、自分にできるのであれば手助けはしたほうがいい、と靫正は考えているのである。決してももんがのもふもふをじっくり堪能したいからではない。

ちなみに師匠も姉弟子も同じ姿勢を示す。さらに母にも「情けは人のためならず」と教えられていた。母はただ、親切にしろというのではなく、誰かにしたことが、めぐりめぐって自分に戻ってくる、と説いたものだ。よいことも、悪いことも……だから、自分に余裕があって無理でなければ、手を貸したほうがいい、と。

この「無理でなければ」を靫正は肝に銘じている。

「えええ……初めてお目にかかったのに、そのようなご親切を……？」

「これも何かのご縁ではないかと」

靫正はももんがに微笑みかけた。ももんがは頭から手……前肢をおろし、顎の下にやった。何かを考えているようだ。

このももんがが二号館に入れない理由が、靫正にはなんとなく察しがついていた。結界が張られているのだろう。しかも、どのように条件づけたかは謎だが、おそらくはこのもんがに対してだけ。

大学に入ってやっとひと月ほど。これまで靫正は、……正しくは、隠形していたサクヤが結界を感知したことはない。少なくとも術の気配を察したら、気をつけるよう教えてくれただろう。あるいは、サクヤが同行していないときに結界が張られていたことがあったのだろうか。靫正はそう考えて、自分の術者としての能力の低さに溜息が出そうになった。

幽霊などのちょっとしたものは見えても、人為的なものには気づかない。サクヤに守られるばかりではなく、サクヤを危ない目に遭わせなくて済むくらい強い術者になりたいと思うが、なかなかままならないのが口惜しい。

「では、……たいそう申しわけございませんが、こちらに、甲斐佳哉《よしや》さまという男性がいらっしゃらないか……」

「君。何をしているんだ」

鋭い声がした。靫正はびっくりして、振り返った。

そこには、本を何冊か抱えた赤毛の男が立っていた。

靫正は、ひとが後ろから近づいてきたら、気配を察することくらいはできた。弓道のほかに、子どものころから道場に通って合気道を習っていたからかもしれない。今は籍だけを置いて、流派の演武会に行く程度だが……それにしても、勘が鈍っているとは思いたくなかった。

そんなにも自分はサクヤに甘やかされっぱなしなのだろうか。

「あっ、あなたさまはっ」

手のひらのももんがが跳び上がった。といっても、びっくりしての跳躍だ。すぐに靫正の手のひらに着地したので、靫正はそっと、ももんがを手指で包んだ。

「おや……君、その野衾を、触れるんだね」

伊吹千草は両脇に本を抱えていた。どれも分厚い専門書のようだ。高い襟の服の裾が、さわっと吹いた風に揺れた。

改めて伊吹の全体を見ると、赤毛と青い目なのに、膝まで裾があり、両脇に切れ目の入っている長袍を身に着けているのは、なかなか異国的だ。長袍の下からのぞくズボンはゆったりしている。

「はい」

野衾というからには、あやかしを認識している、その力がある、ということだ。靫正は俄《にわか》に緊張を覚えた。

「ふうん」

伊吹は靫正より目線が低いので、見上げられる。じろじろと顔を見られてから、頭のてっぺんから足の爪先までひとしきり見られた。警戒されているのを、靫正は感じた。手のひらにももんがをのせているからだろうか。ももんがが、きらいなのだろうか。こんなに可愛いのに。

「もみ。やっぱりまた来たの？」

靫正が口をひらくより前に、伊吹は目を細め、靫正の手のひらの中のももんがをじいっと見て、問いかけた。どことなく非難する目つきである。改めてその瞳の美しさに靫正は気づいた。鮮やかな青は、よく磨かれたラピスラズリのようだ。

「ひええ……そのように、小生を見ないでくださいまし……じゅっととけてしまいそうですう……」

「ええ、やだなあ、僕の目は青いだけで特に何もできないはずだよ」

伊吹はにこにこした。その笑顔に靫正の肌がざわついた。顔立ちはまったく似ていないが、師匠の双子の弟と同質の笑顔に感じられたからだ。つまり、笑っているのに、笑っていない。ただの、顔にはりついた仮面だ。

「ひええ……おやめください……」

「どうせまた先生にお茶のお誘いとかそんなんでしょ？　わざわざ勤務先まで野衾を寄越すなんて、どうかと思うけど」

伊吹は呆れたように言った。どことなく口調が子どもっぽいというか、少年じみている。しかしどう見ても彼は二十歳を過ぎた大人の男だ。やや童顔気味ではあるが。

外国人は二十歳前後で骨格に変化が起きて顔立ちがひどく大人っぽくなる印象がある。作中で子どもだった主人公が成長する連作映画を見て、靫正はそこがいちばん気になった。可愛らしかった眼鏡の少年が、凛々しく厳つい男になる一歩手前で物語が完結したのはよかったのではないかと思ったほどだ。

伊吹はその主人公よりさらに成長しきる二歩ほど手前に見えた。それでも二十歳を過ぎているのはわかるので、童顔だと感じるのだろう。

「お手紙の内容は、小生は存じません……お渡しして、お返事をいただかねばなりません……」

ももんがはぷるぷる震えた。可愛いが、かわいそうになってきた。ももんががここまで伊吹を怖がるのは、これまでの関係性もあるのだろうとわかる。なので靫正は、ふたりのやりとりを見守るばかりだ。

「もみ、僕に渡しなよ、手紙」

ももんがは、もみ、という名のようだ。

「それはできません」

ももんがは、ふるふると首を振った。「宛名のかたにお渡しするのが小生の役目ですので……」

へえ、と靫正は目を丸くした。

何年か前、やはりもももんが……野衾が、師匠を訪ねてきたのにたまたま遭遇したことがある。

師匠の住居兼事務所がある商店街全体に、師匠の双子の弟が結界を張っているので、そのももんがは入ることができないうえに、ちょっとした怪我をしていたのだ。何度も入ろうとしてははじかれるうちに怪我をしたらしい。それを思い出した靫正は、マッチポンプとはいえももんがを受け止められた自分を褒めたくなった。怪我をしても、靫正には姉弟子のように治してやることなどできないのだ。

そのももんがは、傷を治してくれた姉弟子に手紙を託していたのである。このもみがそうしないのは、あの野衾とは、主とあやかしの関係性が異なるのだろう。

「だから、僕が渡しておくって」

「あの、その状態では、受け取れないのでは……」

言いつのる伊吹に、靫正は思わず指摘した。伊吹は両脇に本を抱えている。

「……それもそうだね。じゃあ、君、代わりに持ってよ」

伊吹は両腕を、持っていた本ごと体の前で交差させた。すると、前で本を抱えている状態になる。靫正は、本の背に貼られたラベルに気づいた。図書館の蔵書だ。しかも、禁帯出のシールも貼ってある。

「禁帯出の本ではありませんか、それは」

禁帯出とはもちろん、図書館から持ち出してはいけない蔵書だ。伊吹はとたんに困り顔になった。

「その、……ちゃんと許可はもらったよ。先生が……」

「ならばいいのですが、そうだとしても、持ち出した禁帯出の蔵書に、僕のような部外者はさわらないほうがいいかと思います」

靫正が言うと、伊吹はむむむ、と口を引き結んだ。そうすると、ますます少年らしさが強まる。

「それと……このももんがさんのお仕事は、甲斐先生にお手紙を届けることのようですが、本人が、どうしても宛名のかたに直接渡したいというなら、そのようにして差し上げたいです。伊吹さんは甲斐先生の秘書と伺いましたが……」

「そうだよ」

伊吹はやや、声を低めた。険があるとまではいかないが、穏やかな声音ではない。

「このももんがさん、二号館に入れないようなのです。先生にこちらまで来ていただくことはできないでしょうか……」

「君、宗近くんだったか。ずいぶんとお節介なんだね」

「あ、はい」

靫正は否定しなかった。お節介の自覚はあるからだ。すると伊吹は目を瞠った。ラピスラズリがキラキラしている。

宝石がそのまま王子さまになったみたいだな、とふと思った。外国人めいた容貌と、少し威丈高に感じるもんがへの態度もあわせて、伊吹は本当に、どこかの国の王子さまではないかと、靫正はちらりと考えた。

次の瞬間、伊吹は声を立てて笑った。

「なるほど、なるほど……もしかして、君かな？　影の中にあやかしをひそませていた一年生は。ガイダンスが始まってから、気配を感じたんだよね」

さすがに靫正はぎょっとした。言葉を失って硬直する。

大学で、あやかしの話など、鷹羽以外としたことはない。それ以前に、「あやかし」という名称が、靫正の認識と一致するかも疑わしい。

だが、伊吹が口にしたのは、靫正と近しい認識の言葉に感じられた。

「ああ、怖がらせたならごめんよ。同類の気配は察してたんだ。でも僕はしょせん、屍人《しびと》だからね。僕の気配を悟れるのは、同類にもなかなかいないな。こう見えても僕はだいぶん古いし……」

古い、という物言いが、ものに対する評価に聞こえる。靫正はゆっくりとまばたいた。ひとに添うあやかしは、自身をもののように表現することが多い。

しかしそれより気になったのは「しびと」と聞こえたからだった。しびと。どういう意味か。ぱっと思い浮かんだのは「死人」だ。伊吹は死んでいるようには見えない。

「ちょっと待ってて」

伊吹は本を抱えたまま、二号館に入った。入ってすぐのところで振り向くと、肘で、すっ、と扉を撫でる。

「これで、もみも入れる。宗近くん、君も、ついておいで」

靫正が、ももんがを手にしたまま、おっかなびっくり二号館に入ると、今度こそ、ももんがははじかれなかった。

「おお、入れました！　ようやく！」

ももんがのかわいらしい声が廊下に響き渡る。

二号館の一階の教室はしずかだった。二階から上にも特にひとの気配を感じない。誰もいないようだ。伊吹の「しびと」があやかしを指すなら、彼の気配を感じ取れなかったのも仕方がないし、ひとの気配なら感じられるはずだ、と靫正は考えた。

早足で先を行く伊吹を追い、彼につづいて教官室に入る。どこかで窓があいているのか、空気がやわらかく感じられた。

教官室の入ってすぐは広くとられた場所で、大きな作業机が置かれている。入り口側の壁沿いにはキャビネットがあり、別の壁沿いは書棚で埋まっていた。

伊吹は作業机に本をそっと置くと、扉を閉めた。部屋の中ほどがキャビネットで仕切られていて、向こう側に窓があるようだ。

「何ごとかね」

キャビネットの向こう側から男の声がした。この声を靫正は、講義で聴いて知っていた。すでにももんがから名前をきいていたから予想はついたものの、改めて声を耳にすると、どう説明したらいいのか……と悩む。

「先生。本を受け取ってきました。それと、……」

伊吹がちらりと靫正を見る。正確には、靫正が捧げ持つようにした手の中のももんがを、だ。

ももんがが、ちいさな鼻面を靫正に向けた。靫正はうなずいて、手をひらいた。

ももんがは、ちょいっ、と靫正の手のひらを蹴って跳び上がった。ぱたぱたと皮膜を羽ばたかせて飛ぶ。

ももんがは、よたよたしながらキャビネットの横を抜けた。

「甲斐佳哉さま、お手紙でございます」

「……やあ、君か」

男の声が、やわらかくなった。同時に、横の伊吹が、ふんッ、と鼻を鳴らすのがわかった。

「こちらをどうぞ」

その声で、ももんがが手紙を渡しているのだな、と靫正は想像した。

以前も手紙を渡す場面を目撃したことがあるが、ももんがの背中に、見えない、なんでも入る袋がついているかのように、自身より大きい封筒を背面からもりっと出すのである。きっと今もそうしているのだろう。

「お返事を、今、いただけますか」

かさかさと紙の擦《こす》れる音にかぶさって、ももんがが尋ねた。

「そうだな。少し待っていてくれるかな」

やさしい声と物言いだった。

伊吹はまた、鼻を鳴らした。なかなかに盛大だ。

しばらくすると、紙の音がした。

「これを返事として持っていってくれないか」

「承りましてございます」

きい、と音がした。次いで、サッシの擦れる音。

ぱたぱたとかすかな音が遠ざかっていく。

「……あなたは何を騒いで……」

それからすぐに、キャビネットの奥から顔を出した男は、靫正に気づいて、あっ、という顔をした。

「ど、どうも……」

靫正は、やや驚きつつ頭を下げた。

甲斐教授といえば、六十近いながら、はっきりした物言いをする歴史学部の教授だ。いつもきちんとしたスーツを身に着け、白衣を羽織っている。

洗練された紳士めいた態度と、その年代にしてはなかなかの長身にくわえて、やや鋭さを感じさせる端整な面差しで、一部の女子学生に、年齢はともかく、と人気のある男前だ。もちろん外見だけではなく、わかりやすい講義をするし、ゼミでは親身になってくれるともっぱらの噂だ。

甲斐教授の民俗学入門の講義は、学生なら誰でも受けられる上にたいへん興味深い内容なので、取るのはそれなりに難関である。靫正も運良く取れていたが、階段教室が満席になる講義だ。学生の顔をひとりひとり憶えているわけではないだろう。甲斐教授が硬直しているのは、伊吹しかいないと思ったのに部外者がほかにいたからだと靫正は推測した。

「いや、……その、……君は？」

こほん、とひとつしわぶいてから、甲斐は問う。靫正が口をひらく前に、伊吹が作業机の椅子をひいて座った。

「彼は宗近くんといって、昔噺研究会の新しい会員だって。もみが二号館に入れなくなってたのを助けてたんだ」

「もみが、入れない……とは、どういうことですか」

甲斐は伊吹を見おろした。靫正は、教授の丁寧な口調に違和感を覚えて、ふたりを交互に見やる。

教授はキャビネットの向こうから顔を出したとき「あなた」と口にした。靫正がいるとは気づいていなかったはずだから、伊吹への呼びかけだ。靫正にももんがにも「君」と呼びかけたのに、秘書には「あなた」……とは、妙な気がした。しかも伊吹への問いかけの語尾が「ですか」だ。

どういう関係なのか。

「結界を張ってたから」

「……なぜ？」

「教えてもらってさ。できるかどうか、試してみたかったんだよね」

「なぜですか」

教授は丁寧に繰り返した。怒りを通り越して呆れているように見えた。

「……宗近くんが聞いてるけど、いいの？」

伊吹はちらりと靫正を見上げた。そこで教授はハッとする。

「いや、そうだな。――君、宗近くんというのか。ももんががしゃべっていたのに、驚かないのかね？」

問われて靫正は、今さら？　と思った。それよりも、目の前のやりとりの奇妙さが気になってしかたがない。

「いや、まあ……しゃべるももんがは前にも見たことがあるので、さして驚きはなかったです」

正直に答えると、教授は作業机を回って靫正に歩み寄った。

「前にも？」

問いかける教授の脇で、伊吹が目を細めるのが視界の隅に入る。

「ええと……僕、そろそろ帰らなくては。もうすぐ、五限も終わる時刻ですし」

「む、そうだな」

教授は残念そうな顔をした。「しかし君……宗近くん。一年生か」

「はい」

「差し支えなければ、また来てくれないかね」

教授の顔がほころんだ。講義中も、講義の内容はともかく、やや険のある表情を浮かべがちな顔が、微笑んだのだ。乾いた砂漠に降り注ぐ慈雨のように感じる。

「そのときはお茶を出すよ」

伊吹が、にっこりした。「僕のいれるハーブティーはなかなか好評なんだ。ぜひ来てね」

靫正は曖昧にうなずいた。


なんだかすっかり疲れてしまった。

靫正は駅からの道をとぼとぼ歩いた。通りの先にようやく見えてきた自宅マンションにほっとする。

ぜひ来てね、と伊吹は言ったが、その言葉を真に受けて再訪したら、毒入りのハーブティーでも供されるのではないだろうか。そう考えて、靫正は溜息をついた。どうにも、伊吹のようなタイプは近づくのに勇気が要る。

しかし、教授は本気で靫正の再訪を望んでいるように見えた。ももんががしゃべるどころか手紙を持ってきて返事をもらうというお使いをしていても驚かない理由を知りたいのだろうか。

何かそれ以外の理由があるにしろ、教授と親しくなっていいのだろうか。また、ももんが……野衾がうろうろしていることを師匠に報告すべきだろうか。

いろいろ考えたものの、靫正は師匠の事務所には寄らず、帰途につく選択をした。家ではサクヤが待っているのだ。朝、送り出されてからこれまで会っていない。半日会わないだけでこんなに淋しいとは。……靫正はふと、昔を思い返した。

長い休みごとに、父は実家に兄と靫正を連れていってくれた。母は自分の実家が市内で頻繁に帰れるからと、むしろそうするよう勧めていたらしい。父はもともとあまりそのような気遣いをしなかったので、結婚してからよく帰ってくるようになった、と祖父母はうれしそうだった。

靫正がサクヤに会えたのも母の計らいのおかげといえる。さらに、靫正がそうしたいと望むと、祖父母の了解を取りつけて、子どもだけで春休みやゴールデンウィークも行かせてくれた。兄はさすがに、休みごとに祖父母の家で過ごすのは辟易《へきえき》したようで、途中から靫正だけで行くようになった。

靫正は午前中のうちは祖父母と過ごして、手伝いをしたり、話を聞いたりした。だが、午後、昼食を済ませてから夕方までは、必ず山に向かったものだ。祖母はいつも、おやつを持たせてくれた。祖父も、気をつけて、と送り出してくれた。隣の家の曾祖父は、山神さまによろしくな、と言った。

あのころはサクヤに会えるのはそうした長い休みのあいだだけで、休みの終わりとともに祖父母の家から帰るとき、次はいつ会えるだろうと、淋しくて泣きそうになったものだ。

今は半日程度離れただけで、あのころの、長い休みの終わりの、ホームで見送ってくれる祖父母に手を振り、ひとりで乗った列車の中で、サクヤのいる山が遠ざかっていくのを窓に貼りついて見ていたときの気持ちを思い出す。――一緒にいたい。いつまでも、どこまでも、どんなときも……どうしてそう思うのかはわからない。

サクヤは、助けてくれた。だから、同じように自分も助けなければ、という、強い思いがあるのは事実だ。靫正はそれだけをよすがにしている。

自分は、サクヤを助けて、守ってやらなければならないのだ。

靫正はマンションに入ると、郵便受けを調べた。新聞は取っていないので、中に入っているのは郵便物か広告だ。広告は備え付けのゴミ箱に捨て、郵便物だけを手にしてエレベータに乗る。

それにしても、と、靫正は考えた。

甲斐教授は、伊吹を秘書として扱っていないように見えた。それが少しだけひっかかる。恩師の息子を秘書にさせられてでもいるのだろうか。想像力がとぼしいので、それくらいしか説明のつく関係性を思いつかない。なんとなく、伊吹のほうが力関係が上のようには感じる。

「ただいま」

玄関の鍵をあけて中に入ったとたん、いい匂いが漂ってきた。顔がゆるんでしまう。

「カレーだ！」

「おかえり、坊ちゃん。カレーだよ」

廊下を通ってリビングに入ると、カウンターの向こうのキッチンから、サクヤが笑顔を向けてきた。

「すぐ食べられるけど、どうする？」

「食べる！」

「じゃあ、手を洗ってきて」

「おお！」

靫正はうなずきながら自室に向かう。

このマンションはファミリータイプで、兄にも靫正にも自室があった。すでに自立した兄はもうこの家に住むことはないだろうが、両親は何年かのちには戻ってくる。それまでには靫正も出ていくことを考えたほうがいいだろう。

靫正は自室に荷物を置くとすぐに洗面所へ行って手を洗った。築二十年以上は経っているので設備が古くなってはきているが、靫正にとっては住み慣れた我が家だ。

いつか出て行くにしろ、サクヤが一緒に来てくれるなら何も怖くはない、とも思う。

どちらにしろ、靫正は、サクヤを人生の同行者として考えていた。

夕食のカレーは鶏肉やパプリカ、茄子やたまねぎがたっぷり入っていた。付け合わせにわかめサラダと冷製コンソメスープがついている。どれも母のつくるメニューそのままだった。

「サクヤがつくる食事はほんとうにおいしいな」

カレーを一口食べてから、靫正はしみじみと呟いた。斜め後ろで給仕よろしく立っているサクヤが、ちょっと笑ったのが気配でわかる。せめて顔を見たいものだと思うが、それはサクヤが困るというので、靫正が譲歩しているのだった。

「でも、ぜんぶ、母上の手順通りにやってるだけだからね。お嬢にも、効率のいい方法を教えてもらってるし」

師匠の事務所で夕食をいただくとき、必ずサクヤは姉弟子の手伝いをする。靫正も手伝おうとしたことはあったが、姉弟子にはサクヤで充分だと言われていた。そのときにいろいろと教えてもらっているのである。それにしても、このカレーは鶏肉がほろほろととけて崩れるような食感で、とてもおいしい。

「いや、でも、母さまのとはまた違った味わいだ。それに、食事をつくってもらえるのは、とてもありがたいことだな。きょうは疲れたから、もしひとりだったら、何もつくらなかっただろう。インスタントでもおいしく食べられるのだが……」

何もつくらないにしても、何も食べないわけにもいかない。外食をすればいいだろうが、ファミレスやファストフード、あるいは駅ビルのレストラン街などで、ひとりで食事をとるのはためらわれた。

実を言うと、靫正はそういうところでひとりで食事をしたことはほとんどない。はたから見ればひとりだったかもしれないが、たいていの場合、サクヤが影の中にいてくれたはずだ。

「疲れたって、例の集まりで、何かあった？」

サクヤの声が、心配そうな色を帯びる。「帰ってきたときの顔を見て、ちょっと気になってたんだよ。元気がないように見えたから」

顔に出るほどだったのか、と靫正は恥ずかしくなってきた。

「いや、集まり自体は、たいしたことはなかった。石原先生と少し話して……」

そのあとのことを話さずに済ますわけにもいかないだろう。靫正は半分ほど食べたカレーを前にして、スプーンを皿に置き、サクヤを振り返った。

するとサクヤは、斜め後ろからテーブルの横に移った。靫正はそのまま視線を移動させる。

「そのあと、何かあったんだね？」

そう言うと、サクヤは身を傾けた。靫正の肩に顔を近づける。サクヤの髪がひとすじ、頬に当たってくすぐったい。それに耐えて靫正はじっとした。サクヤは靫正の肩のあたりで鼻をひくつかせると、ゆっくりと体を起こした。

「……枯草みたいな匂いがする」

サクヤの顔には怪訝そうな表情が浮かんでいた。「あやかし……？」

「集まりのあとで、帰ろうとしたら、野衾がいてな」

「野衾」

サクヤは目を丸くした。「だからこんな、冬の森みたいな匂いなのかな？」

しかしこれから初夏だ。それはそれで合致しないと靫正は考えた。

「それはおそらく、べつの匂いだと思う」

「べつの……？」

サクヤは目をしばたたかせる。

「その野衾は、二号館に入れず、苦労していたのだ。結界が張ってあって」

「結界が……？　そんなの、感じたこともなかったけど……俺、ヒトのあいだでぬくぬく暮らしてたから、鈍くなっちまったのかな……」

悄然《しょうぜん》とするサクヤに、靫正は慌てた。

「いや、サクヤ、たまたまきょうだけだったかもしれないぞ。それでな、……そこから先が、どう言ったらいいのか……」

ううん、と靫正は唸った。「二号館に結界を張ったのは、歴史学部の甲斐先生の、秘書だった」

説明が苦手なので、結論から言う。サクヤは促さずに黙ってくれているので、靫正は、順序立てて説明しようと試みる。

「話が戻るが、会合に行ったら、サークル室に、ちょっと外国人みたいな赤毛のひとがいて、伊吹さんといった。甲斐先生の秘書だと名乗り、僕が入ったら出ていった」

そこまで説明して、靫正はサクヤを見た。サクヤはゆっくりとうなずく。今のところ、疑問はないらしい。靫正は内心でほっとしつつ、つづけた。

「そのあとで僕は会合から辞して、帰ろうと中庭を歩いていたら、野衾が二号館に入れなくなっていた。で、どうしたのか訊き、いろいろと話していたら、その、伊吹さんが現れたんだ。彼は図書館で本を借りて、教官室へ戻るところだった」

「で、……そのひとが、二号館に結界を？」

「ああ。解いてくれたので、野衾は入れるようになった。どうも、野衾が来るのがわかっていて、入れたくなかったようだった」

「ふうん？　野衾って、式神にしても、お使いに出すくらいだろ？　ちっちゃいし、神足《しんそく》というか縮地《しゅくち》みたいなことができるくらいで、そんな、結界を張ってまで入れたくないようなものかな」

サクヤは首をかしげている。靫正は、ちょっと笑ってしまった。

「そのとおりだ、サクヤ。だけど、伊吹さんは、野衾を入れたくなかった。野衾の手紙の宛先は、甲斐先生でな」

ううん、とサクヤは唸った。

「つまり……野衾の手紙を、先生に受け取らせたくなかった……？」

「と、僕も考えた。理由は、わからないが……」

靫正が答えると、サクヤは眉を寄せた。何かを考えている。

「サクヤ、まだつづきがあってな。僕は野衾を持っていたので、一緒に教官室へ行ったんだが、ひとつ、奇妙に思えたこともあって……」

「持って」

サクヤはそこを聞き咎めた。眉が上がっている。靫正は内心でそわそわした。

「……結界にはじかれたので、受け止めて……そのあとはずっと、持っていた」

「そういえば、いつぞやの野衾、お嬢は怪我を治した対価で、もふもふさせてもらっていたねえ」

師匠もだが、姉弟子も、あやかしを治したとき、そのお返しをもらうことがあり、対価と称している。

返してもらうのは、ものだったり、行為だったり、情報だったりするが……姉弟子は、治した野衾を、存分にもふもふしていた。

動物のあやかしは、そうでない動物より毛が柔らかくなるらしい。それは、人間に少しでも好かれたいと望むから、と聞いたこともあった。

サクヤの本性は鳥だが、羽は多少は柔らかくとも、もふもふというほどではない。

「……僕はべつに、野衾をもふもふはしなかった。ただ、その伊吹さんというひとに不穏なものを感じたので、野衾をそのまま行かせるのがためらわれただけだ」

言いわけがましくなってしまったが、事実、そういう考えはあったので、靫正は丁寧に説明した。するとサクヤは肩をすくめる。

「いいよ、坊ちゃんも、していいって言われたらもふもふさせてもらって。俺はもふもふしてないから、それぱっかりはね」

「いやいや……いやいや……」

靫正は、ほかに何も言えなくなるところだった。だが、やや拗ねた顔をするサクヤにかわいげを感じて、微妙に笑い出しそうにもなる。それを表に出さぬよう、用心して顔を引き締めた。

「それはともかくだな。野衾を連れていくと、彼は先生のところまで手紙を運んだ。部屋の奥まで見えなかったので、先生は、僕が来ていることに気づかなかったようだ。

野衾に返事を渡してから、奥から出てきたんだが……」

状況を細かく説明すると、サクヤはまじめな顔になった。靫正が何か伝えようとしているのを察したのだろう。

「先生は、秘書の伊吹さんに向かって『あなた』と呼びかけたんだ」

サクヤは、黙っている。通じていないかもしれない。

「僕には、『君』と呼びかけたのに……『なぜですか』とも問いかけていたんだ」

「つまり、坊ちゃんは、先生が、その秘書に対して、丁寧な態度を取るのは、おかしい、って思うんだね」

自分の伝えようとしていたことが正確に伝わったとわかって、靫正はほっとした。

「そういうことだ」

「……ついていけばよかったな」

サクヤが、残念そうに呟く。その口が、ぎゅっと引き結ばれていた。

「いや、……そうだ」

靫正はハッとした。

甲斐教授の伊吹への態度が秘書へのそれにそぐわぬようなのばかりが気にかかっていたが、それより重要なことがあった。忘れている場合ではない。

「サクヤ、先に言うべきだった。伊吹さんは、おまえが僕の影の中にいることに気づいていたんだ」

「えええ……」

サクヤはぎょっとしたように身を退《ひ》いた。「え、でも、まあ……結界を張れるほどの術使いなら、そうか……」

「いや、それが……伊吹さんは、自分が、『しびと』だと言っていた。しびとというと僕は、死んだ人間のことかと思ったんだが……サクヤには、わかるか？」

靫正が問うと、サクヤは口をパクパクさせた。何か言いたそうにするが、喉を手で撫でさする。言葉が出ないようだ。

「サクヤ？」

靫正はびっくりして、サクヤの腕を掴んだ。すると、サクヤの手が、手をぎゅっと握ってくる。サクヤは身をかがめて、握った靫正の手を、額に当てるようにした。

その姿勢を取ったのは、数秒だった。すぐにサクヤは、ふっと息をつく。

「坊ちゃん……ごめん、俺、それが何か……知ってたような気がするけど……思い出せない」

そう告げたサクヤは、うなだれた。「ごめんなさい」

苦しそうにも見えるそのさまに、靫正は思わず立ち上がり、サクヤの頭に手を伸ばす。柔らかい髪をそっと撫でた。

伊吹の髪は濃い赤だったが、サクヤの髪は淡い朱色だ。ぜんぜんちがう。

「すまん、サクヤ。思い出せないなら、無理をしなくていい」

ゆっくり、そっと、言い聞かせるように告げる。「何か怪異が起きているわけでも、危ない目に遭ったわけでもない。ただ、僕が気になっただけだ。だから、……」

無理に思い出そうとしなくていい。

靫正はそう言おうとしたが、それすらもサクヤにはつらい気がして、やめた。

「坊ちゃん」

しばらくしてから、そっとサクヤは身を退いた。顔を上げ、いつものように笑う。

「じゃあ、お言葉に甘えて、思い出さないでおくよ」

しかし靫正は、その笑顔に痛々しいものを感じる。

それでも、サクヤが笑ってくれるのだ。だから、うなずいた。

「ああ、そうしてくれ、サクヤ。ときには僕に、おまえを甘やかさせてくれ」

「ときには？　坊ちゃんは自覚してないみたいだけど、俺、相当に甘やかされてると思うよ」

サクヤは肩をすくめてみせた。

もう、いつものサクヤそのものだった。

肆 むすぶ主

（……すごい傷だな。だからいつも、隠してるのか）

（うん。この傷で生きてるのはおかしいからね）

（まるで、首を落とされたみたいだ）

（そのとおりだよ。……僕が今こうしてここにいるのは、大地と繋がれているおかげだ。この体には草が詰まってて、ときどき取り替えれば、あとは水と光だけで生きていける。たまに長いこと眠ってなきゃいけなくなったりもするけど、何度でも起き上がれる。……そういう、術なんだよ）

（だから食事をしないのか）

（君だってしないじゃないか）

（俺は、……ぬしさまと繋がってれば、どうとでもなるんだ。だけどあんたはそういうのじゃないんだろう？）

（そうだな。この国は、僕のいたところとかなり違う。もといたところには、君のような化生《けしょう》はいなかった。姿じゃなく、……忠心のある、という意味だけど。もっとも、今や僕も化生だ。海を渡ったら術がとけるかと期待したんだけどな）

（……あんた、死にたいのか？）

（何言ってるんだ、僕はとっくに死んでるんだよ？　……ただ、……僕にこの、屍生《しせい》術をかけたひとに、もう一度会いたいんだ）

（どうして）

（彼は、僕を殺す手引きをした。なのに、バラバラになった僕の死骸を集めて繋ぎ合わせて、……どうしてそうしたのか、理由を知りたい）

（そんなじゃ、文句のひとつも言いたくなるか。……だけど、あんたはもうずうっと前からいるんだろう？　その相手も、死んじまったんじゃねえの）

（まあ、そうだろうね。だけど、もう一度この世に生まれてくれるかもしれないじゃないか）

（転生輪廻《てんしょうりんね》か？　ひととして生まれてくるとは限らねえって聞いたけど）

（それは御仏《みほとけ》の教えだ。僕のところはバアルだったなあ。それはともかく、死んだ相手がもう一度生まれてくるように、僕はずっと念じてる。もう千年か二千年は経ってるはずだけど……いつか、絶対に、もう一度、会う）

（おっかねえなあ……）

（君だって、そうだろう。君のぬしさまが、もし、）

（やめろ。冗談でも言うな）

(だったら、僕にかかった術を教えてあげようか？　もしぬしさまに何かあっても、屍人としてもう一度起き上がれるように……)

(よせよ。あんたは今、その状態でこうしてここにいられて、うれしいのか？　術をかけた相手にもう一度会って、文句を言うつもりじゃないのかよ？　俺は、……ぬしさまを、そんなふうに、したくない)

(……うれしくはないけど、……べつに、悲しくもないな。いろいろな目に遭ったし、いろいろなひとにも会ったけど……今となっては、僕はずっと、……あのひとにもう一度会うためだけにこうしてるんだと思う。だから、屍人になって、よかったのかもしれない。ただ、この傷以外にも、大きい繋ぎ目があるから、気をつけないといけないけど……)

(……その、あのひととやらが、またこの世に生まれていても、あんたを憶えてるとは限らないんじゃねえの？)

(そのときは、なんとしてでも思い出してもらうさ。この首の傷はね、今までに一度もほころんだことがない。あのひとが繋ぎ合わせてくれたときのままなんだ。だからこれを見せて、思い出して、って言うよ。ほかの繋ぎ目は、何度かとれかけて、繕い直してもらったこともあるのに……)

(……おっかねえな、ほんと……)

ゴールデンウィークは、暦通りの休日だった。講義があったので水曜日に大学に行ったが、靫正は会合には出なかった。

自分やサクヤに何か不都合なことが起きているなら、師匠や姉弟子に相談もできただろう。しかし今のところ、学内で野衾と遭遇し、結界を張った者にサクヤの隠形が悟られていた程度だ。不都合というほどではない。

サークルの会合に出なかったので、サクヤは水曜も影の中に入ってくれた。

伊吹の話をした翌日は、大学についてくることを渋るようすを見せたが、靫正が、もし伊吹がよくない者で、自分に何かあったときに困るかもしれないと言うと、そうだな、と考え直してくれた。靫正は、サクヤがまだまだ自分を守ってくれるつもりであるらしいことがわかって、安心した。

サクヤは、靫正の影にひそんでいることを他者に知られたくないようだった。しかし靫正は、もし誰かに気づかれても特に問題はないと考えている。

影の中にいる式神に気づくのは、ふつうの人間ではない。あやかしに関わる力を持つ者か、あるいはあやかしそのものだ。つまり、同類ということだ。

伊吹はそうした「同類」だろう。術者ではなくあやかし寄りだとしても、特に危害を加えられてはいない。……何もされていないのに敵視もできない。なんとももやもやとする感じだ。靫正の受けている講義は二号館を使うことはなかったので、彼のいそうな場所に近づかずに済むのは助かっていた。

甲斐教授は、靫正とは講義以外で、個人的にまた会いたいような態度を見せていたが、靫正は乗り気になれなかった。甲斐教授はともかく、伊吹が微妙に怖いからだ。伊吹に感じる怖さは、サクヤにも話していない。

靫正もそろそろ大人扱いされてもおかしくない年齢だ。それでも、自分の感じる恐怖を恥じたり隠したりすることは稀だった。自身の感覚を偽ってもろくなことにならないと考えるからだ。それにサクヤも、靫正が怖いと言っても、わらったりはもちろん、大人なのに、とたしなめたりもしない。

それなのに、サクヤに、伊吹が怖い、と言わなかったのは、言えばサクヤが伊吹を調べにいったかもしれないからだ。

サクヤは、自分を、強い、と言う。ずっと昔、墓守になるまではいくさに出ていたのだとも。四百年以上も前のいくさといったら、戦国時代か、それより前だ。何もかもが今とまったく違うことは靫正にも想像がついた。「強い」が、ひとを殺した、それもおそらくたくさん、という意味であろうということも。

　そんなサクヤだから、もし伊吹と何かあっても、傷つけられたり、それ以上の目に遭うことはないと、靫正は信じている。疑うことはない。ただ、サクヤが強いのは事実なのだ。

　それでも、できるだけ、サクヤとあの赤毛の男を関わらせたくはなかった。

　ゴールデンウィークがあけた週末が、学祭だ。

　一年生はそうでもないが、二年生以上はゴールデンウィークの祝日も日曜も関係なく、準備のために大学に来ていた。二年生以上は入学式が終わるころから準備を始めているらしい。一年生はたいした準備もできないので、部活やサークルに入った学生はともかく、クラスでは何もしないのが慣例だった。

　ゴールデンウィークの最終日が日曜で、月曜からはいつも通りだった。しかし一年生以外は週の半ばから学祭の準備でほぼ休講らしい。

　水曜だったが、そんな状況なのもあるし、もともと頭数としてだけという約束だったので、靫正は会合に向かう気はなかった。四限の講義はなかったので、さっさと帰ろうと思いながら教室を出る。

と内心で呟く。

「宗近くん」

影の中で、サクヤがびくっとするのが気配でわかった。靫正は、だいじょうぶだ、と内心で呟く。

立ち止まって振り返ると、真柴が教室から出て駆け寄ってきた。

「真柴くん」

「もう、帰るのかい。次は？」

「休講になったので、帰りますよ」

当たり障りなく答えながら歩き出すと、真柴が隣につく。一階での講義だったので、すぐに外に出た。

三号館だったので、木蓮館に近い。中庭では、週末の学祭のための出店の準備が始まっていた。テントの骨組みが建物沿いに敷かれたブルーシートに置かれていたり、台車で機材を運んだりしている学生が通っていく。お祭りの前のざわざわした忙しなさを感じて、靫正は少しだけ愉快な気分になった。

「大学の学祭って、ひとが大勢来るんだろうね」

そんなさまを眺めながら真柴が足を止めたので、靫正も止まった。

「だと思いますよ。去年、見学で来たんですが、先生がたの出しものもあって、びっくりしました」

「先生……教授とかの？」

真柴は驚き顔で見上げてくる。今さらだが、真柴は外部からの進学者だと靫正は気づいた。

「はい。この大学は、中高一貫校の大和学院の大学部で、……もともとは、女性の地位向上を目指して明治時代に開学された女学校でした。共学になったばかりのころは、校風がおっとりしているというか、内気な学生が多かったようで、学祭を盛り上げるのがむずかしく、先生がたが率先して出しものをするようになったそうです」

そのへんは入学案内のパンフレットや公式サイトにも記載されているが、そこまで熟読して入ってくる学生のほうが少ないだろう。内部進学で上がってきた学生は、中高六年間で身に染みついた愛校心があり、大学まで進む学生はそれなりにこの大和学院に誇りを持っていた。

「といっても、舞台を使う落語や手品や、楽器の演奏や、朗読劇などが主で……でも去年は中庭で大道芸を披露していた非常勤の先生もいらっしゃいましたよ。いろいろと、昔の名残《なごり》があるんです」

「そうか、宗近くんは内部進学か」

「はい。中等科からです」

靫正がうなずくと、真柴は目を伏せた。きょうは背後に黒いもやは見えない。黒いもやは、真柴の体調がよくないときに現れるように、靫正は感じていた。体調によってもやが発現するのか、もやが体調を左右するのか、どちらかはわからないが。

「真柴くんは、何か僕に用事があったのでは？」

真柴の煮え切らない態度がやや気の毒になってきて、靫正は口を開いた。すると、真柴は目を上げる。すまなさそうな顔をしていた。

「用事というか……伝言を、頼まれていて。その、……今日の会合に出てほしいと、石原先生が言っていて」

出てほしい、という要求に、靫正は首をかしげた。

「その、……頭数としてだけでいいという話でしたが……？」

「いや、もちろんだ」

真柴は慌てたようにつづけた。「だけど、その……」

しかし、そのあとが出てこない。

どうやら真柴は繊細なのだろう。靫正の機嫌を損ねたのではないかと怯えたように見える。そんなに怖いだろうかと、内心で靫正はちょっと傷ついた。確かに身長も厚みも標準より上になってしまったが、威圧感を与えないように心がけているつもりだった。しかし真柴は痩身で、勇猛とはほど遠そうではある。

とにかく怒っているわけではないので、靫正は真柴に笑いかけた。

「その、行くかどうかはともかく、先に理由が知りたいだけです。学祭も近いし、力仕事を頼まれるとかなんでしょうか。それくらいならお手伝いもできますよ」

なるべく穏やかに質問する。力仕事を頼まれるくらいなら、なんということはない。

靫正の物言いに、真柴はほっとしたように息をついている。

「理由は、力仕事ではなくて、……君に心当たりがあるかわからないんだが、……歴史学部の甲斐先生が、宗近くんと話したいと言っているから、らしい」

まさかの理由に、靫正は目をしばたたかせた。

「なぜ、甲斐先生がそう言っていると、石原先生がご存じなのでしょう？」

「昔噺研究会は、ゆ、……石原先生が、甲斐先生の助手をしていたころに設立して、……きょうの会合には、甲斐先生も来てくださる。君と話をしたいらしくて……それで、宗近くんの都合がつくなら来てくれるよう伝言を頼まれたんだ」

真柴は思い詰めた表情をしていた。石原とは親戚だそうだが、名前で呼びそうになるほどには親しいのだろう。

ふむ、と靫正は考えた。影の中で、サクヤが聞き耳を立てている気配がする。

「……真柴くんは、もし僕が行かなかったら、石原先生にひどい目に遭わされたりするんですか？」

思い切って尋ねると、真柴は目をしばたたかせた。

「……ひどい目……」

「石原先生と親戚ですよね。いじめられたり、親戚のあいだで何か悪い噂でも流されたりするのかと思ったんです」

石原は、少し話しただけだが、陰湿なものを感じなかった。といっても、誰しも、他人と距離の近い相手、それぞれに見せる面は異なるだろう。それが社会性というものだ。

真柴は、ちょっと笑う。

「その、……先生ではなく、親戚の話として……ゆうちゃんは、そんなことはしないよ。俺とは義理のいとこなんだけど、……その、……」

歯切れがわるい。靫正は、深入りしないほうがいいと判断した。身内のことに踏み込めるほど、真柴と親しくなったわけではない。

「答えにくいことをきいてすみませんでした。……サークルには顔を出させてもらいますよ」

靫正の言葉に、真柴は目を瞠った。影の中で、サクヤがぴくりとした。以前だったら、行かないんじゃなかったの、くらいはぼやいていたに違いない。

「来てくれるのか」

確かめるように問われ、それに靫正はうなずく。

いくら石原が情熱を傾けているとはいえ、サークル存続の片棒を、入学したばかりの親戚の真柴に担がせるのは公私混同ではないだろうか。真柴がサークル活動内容に興味があるようには見えないので、靱正としてはどうしてもそう感じてしまうが……しかし真柴が助けを求めないのなら、「親戚に無理やり協力させられている状況から助け出す」ことはできない。

「顔を出すだけなら。それに、甲斐先生が僕と話したいのは謎なんです。もしや講義の態度が悪いとかのお説教をされるのかもしれない」

そんな軽口を言いながら、木蓮館へと歩き出す。すると、真柴はほっとしたように笑った。

「俺は甲斐先生の講義は取っていないからよく知らないけど、石原先生は、サークルの後ろ盾に甲斐先生の力を借りたいらしい。甲斐先生、今までは渋ってたのに、宗近くんと話したいから会合に出るって。石原先生、瓢箪から駒だって言ってたな」

「それはつまり、甲斐先生が後ろ盾になってくれたら、興味のない者を無理に会員にしなくても存続できると期待しているんでしょうか」

「そんな感じみたいだ。学内の政治だ」

真柴は微妙な顔をした。「石原先生に聞いただけだけど……甲斐先生は、何年か前に学長の肝煎りでよそから移ってきたから……本人はどういうつもりかわからないけど、教授としては権力があるらしい。あくまでもこれは聞いた話で、俺の見解ではないけど」

真柴は注意深く断りを入れた。学内政治は微妙な話になるから、その気遣いもよくわかった。

「うむ、了解した」

「宗近くんはときどき武士みたいな物言いをするな」

うなずく靫正を見て、真柴は顔を緩めた。

靫正はにやりと笑い返す。

「武人のつもりではあるので」

靫正は、甲斐教授にああ言われたものの、自分からわざわざ会いにいく気はまったくなかった。それは単に教官室に行って伊吹に背筋の凍りそうな微笑みを投げかけられたくなかったからだ。彼がいない場所で会うならばなんの問題もない。

とはいえ、サクヤがひそんでいる今、石原に何か気づかれないことを祈るばかりではあった。石原が気づけばサクヤの自慢をできるかもしれないが、まずは甲斐教授の件が先だと、さすがに靫正にも分別がついていた。

甲斐教授が自分と話したいと望む理由に心当たりはない。教官室でも宗近に興味を持ったように見えたが、それは、ももんががしゃべったり手紙のやりとりを手伝ったりすることに驚かなかったからだと、靫正は思っている。その理由なら、説明してもいいだろう。

　真柴と連れ立って適当な世間話をしつつそんなことを考えていたが、木蓮館に入ってから、はたと気づいた。

　ももんがに驚かなかったのは、姉弟子と一緒のときに見たことがあるからだ。となれば、姉弟子の話もしなければならないのだろうか。それはさすがにまずいような気がしてきた。いや、まずいだろう。

　それに、伊吹は明らかに異質さを感じさせたが、甲斐教授はどうなのか。

　教授にもももんがが見えていたのは、実体のあるあやかしだったからだろう。彼にあやかしと関わる力は、あるのだろうか。

　今まで靫正が師匠に言い含められた心得は、あやかしという、特定の人間のみが感知可能な存在のことを、不可能な者に語るべきではない、ということだった。教授は、見えるのだろうか……まずはそれを確かめなければ、と靫正は方針を決めた。

　影の中のサクヤはずっと無言だったが、案じている気配は察せられた。以前だったら止めるような言葉を発していたかもしれない。石原に聞き咎められて以来、サクヤは隠形中、学内で口を開くことはほぼなくなっている。しゃべるとしても、靫正がスマートフォンを使えるときに限っていた。霊体のあやかしの声は、関わる力を持たない者には聞こえないはずだが、用心しているのである。

サクヤや師匠、姉弟子の式神以外のあやかしについて、靫正はたいした知識がない。会ったことがあるとしても、師匠や姉弟子に治療を求めてきたあやかしばかりだ。そうでないものもいることはいるが……サクヤが外で知り合った……あの雷獣とか……そこまで考えて、ちょっとイラッとした。

同じ市内に住んでいる、サクヤ曰く修繕屋の雷獣は、サクヤと一緒にいるのを見たことがあった。無駄に美しい男の姿をしていたので、たいそう驚いたし、容貌はともかく、サクヤが懐いているように見えたのが気になっていた。

サクヤにそれとなく尋ねると、かの雷獣は古くから存在して特定の家系を守護しており、最初は神として祀られた死者だったらしいことがわかった。つまり、雷獣はサクヤにとって先輩格なのだ、だから懐いているのだと靫正は半ば無理やり納得することにした。

それでも、必要以上に親しげでは？　と疑問を感じることもしばしばある。夜中に出かけていくのはたいていその雷獣の招きなのだ。いくら情報収集目当てとはいえ、三日ほどつづけて出かけていたこともある。淋しい。

「いらっしゃい、宗近くん」

　木蓮館の二階端の部屋に入っていくと、石原がにこやかに出迎えてくれる。その後ろ、六人掛けの席に、甲斐教授が座っていた。先日と異なり、白衣は羽織っていない。

「こんにちは。真柴くんにきいて、来ました」

「……ふむ」

　甲斐教授が立ち上がった。六十近いはずだが、靫正と身長差がほとんどない。靫正は高校のうちに一八〇センチを超えていた。

「君、本当にここの会員だったのだな」

　甲斐教授が廊下に出てくる。靫正の隣にいた真柴が慌てたように後ろに退いた。

「はあ……甲斐先生が僕に何かお話があると伺って……」

「石原くん。彼を借りるが、いいかね？」

　甲斐教授は、石原をちらりと見た。石原はにこにこしている。いやに愛想がいい。

「宗近くん。時間があるなら、甲斐先生のお話を聞いて差し上げて。――先生、彼はうちの会員です。お忘れなく」

「うむ。……では君、ちょっとそこまでつきあってくれたまえ」

　やや古風な物言いに、靫正は既視感を覚えた。端整な面差しの眉間に刻まれた皺といい、講義のときとはまったく異なる低いぼそぼそした声といい、なんだか師匠を思い出すのだ。決して顔は似ていないが、雰囲気が、似通っていた。確実に教授は偏屈なのだろう。靫正は場違いにもわくわくした。

部屋を出て歩き出した教授は、靫正が突っ立ったままなのに気づいて振り向いた。

「何をしているんだね？　君。早く来たまえ」

「あっ、はいはい」

師匠とは、年齢も容姿もまったく違う。しかしその口調に、靫正は親しみを覚えかけていた。


「まったく、どこもかしこも禁煙で、かなわん」

甲斐教授に連れられて辿り着いたのは、木蓮館の脇にある喫煙所だった。体育館の裏手だ。木蓮館の陰になっていて、もう陽は当たらず翳っていた。

そんなちょっとした場所に、古びたベンチと、水の入ったバケツがいくつか置かれている。水は体育館の壁に取りつけられた水場から汲むようだ。

「悪いが、私は喫煙者でな。君、風上に掛けたまえ。一年生なら、未成年だろう」

甲斐教授はそう言うと、木蓮館沿いのベンチに腰掛けて、上着の内ポケットから煙草の箱とライターを取り出した。靫正は思わず顔をほころばせる。

「アメリカンスピリットのメンソールライトがお好きなんですか」

靫正は問いながら、風上の、甲斐教授の正面に座った。すると、教授は眉を上げた。

「詳しいじゃないか」

「せ、……知り合いが、好んでいます」

先生、と言いかけたのを危うく修正した。教授はくわえた煙草に火をつけるのに忙しくて、気づいていないようだった。

息を吸うと、煙草の先端が赤くなる。毅正はそれを眺めながら、内心で、教官室に連れていかれなくてよかった、と思っていた。

「その……先生は、僕と話をしたがっていると聞きましたが」

「話も何も、君、先日、また来てくれと言ったのに、来なかっただろう。だから私から来た」

甲斐教授は、やや恨みがましく言った。毅正はひどくびっくりしたが、同時に笑いそうにもなった。子どもが拗ねている物言いに聞こえたからだ。こんな外見で、それなりの年齢の男性が、そんなふうに言うとは思わなかった。

「……申しわけありません」

せっかく誘ってくれたのは事実なので、ひとまず謝った。さすがに、伊吹の得体がしれないので行きかねたとは言いづらいので、それだけにとどめる。

「ところで早速だが、君、ああいうものに慣れているのかね」

せかせかと教授は口をひらいた。

「ああいうものとは……」

「しらばっくれなくていい。あの、野衾だ。ももんがだが、ももんがではない」

教授は煙草の煙を吐きながらつづけた。「いきなりこんなふうに話し出せば君が警戒するだろうことは予想できている。だが、時間がなくてな。私ももういい歳だ。いつどうなるか、わからん。だから、早いところ、手を打っておきたいんだ」

靭正はぽかんとした。何を言われているか、さっぱりわからない。早口なのもあるが、聞き取れないのではなく、内容そのものが大雑把すぎた。

「ええと……」

「君はあやかし、つまり、化生を見ても驚いていなかった。ということは、それなりに縁があるのだろう？」

もう少し詳しく、と言うより前に、直截《ちょくさい》に問われる。

「縁がある……まあ、そうですね」

「……やれやれ」

教授はうつむくと、深く深く溜息をついた。「さて、ここからだが……」

「え？」

すいっ、と顔を上げた教授は、鋭いまなざしを靭正に向けた。

「君は、あやかしとは、どれくらいの関わりを持っている？」

「ええっと……その、何故、そのようなことを……？」

靫正は反問した。答えていいのかどうか、わからない。

甲斐教授は民俗学が専門だ。もしや、論文のためのヒアリングなのだろうか。だとしても、協力していいのかどうか、即断はできなかった。

「術者が存在しているのはわかっている。さまざまなタイプがいるのもな。ひとによっては式神を使っている。その式神はほとんどがあやかしだ。だが……私が知りたいのは、あやかしという、不確実な存在、そうしたものとどのような関係性を結ぶか、その関係性だ。まずは、君があやかしと関わりをどのように持っているか、知りたい。さらに知りたいことはいくつかあるが、ひとまずはそれだ」

立て板に水で語られ、靫正はこくこくとうなずいた。自分のことなら、多少は話しても問題ない気がした。単に教授の勢いに気圧されているだけなのかもしれないが。

「わかりました。だけど、僕はどこまで話していいか、判断がつきません。なので、先生が何故、僕にそのようなことを尋ねるのか、まず理由を教えてください。それに、先生が知りたがっていることを、僕が答えられるかもわからないですし……」

煙草をくわえた教授は、深く息を吸い込む。それから横を向いて煙を吐き出した。次いで、灰をバケツに落とす。

「……それも、そうだな。だが……」

教授は、まだ長い吸い殻をバケツに投げ込んだ。「私は、その……恥ずかしい」

唐突な言葉に、鞆正は目をしばたたかせた。

（へっ？）

これまで影の中で息を詰めていたサクヤが、思わず、といった声を出す。

すると、教授は顔を上げた。じっと鞆正を見る。

「今のは君の声ではなかった」

聞こえたのだ。教授には、サクヤの声が。

「そうです。僕ではありません」

鞆正は立って、あたりを見まわした。

喫煙所は、建物に隠れていて、正面は二号館の端だ。二号館の非常口と非常階段が見える。体育館と木蓮館にコの字形に囲まれているので、遠くからも建物が陰になって見えないだろう。近くにひとの姿もない。

「今のは、……」

鞆正は上を見た。どちらの建物も、窓はあいていない。

足もとを見る。ここは薄暗くて影もないように見えるが、それは人間の目にとってだけだ。

「サクヤ」

呼ぶと、一瞬、間があったものの、サクヤがするりと傍らに立った。

「先生」

顔を向けると、甲斐教授は、まぶしそうな目を靫正に向けた。驚いているようには見えなかった。

「彼はサクヤといって、僕の……そうですね、式神にあたります」

サクヤは不安そうに靫正を見た。靫正はそれへうなずきかける。

「いつどんなときも、僕を守ってくれます」

「……なるほど。彼は君の保護者というわけか」

甲斐教授は興味深そうに、靫正とサクヤを交互に見た。サクヤは居心地悪そうに身を縮める。

「ぼ、……若。その、……俺……」

「そのままでいてくれ。――先生は、あやかしのことを知りたいとおっしゃいますが、それはなんのためですか？　あのもんがに手紙の返事を渡しているなら、ある程度はご存じなのかと思ったのですが……」

靫正は問いながら、ベンチに再び腰掛けた。サクヤが傍らに立ったままでいるので、そちらの端に寄って近づく。

「存在していることは知っている。なんなら、複数のあやかしと知り合いだ」

甲斐教授の言葉に、靫正は首をかしげた。

「……ええ……」

サクヤがちいさく声をあげる。

「だが、誰も私の求める答えは持っていない」

「誰も？　……では、僕も、先生の求めている答えを差し上げられそうにない気がしますが……」

靫正は戸惑った。甲斐教授が複数のあやかしと知り合いなのは、あのももんがも数に入っているのだろうか。手紙の相手が、あやかしなのだろうか。

「どこから話せばいいのか……」

教授はぼやいた。「とにかく、わかりやすく君に説明するにしろ、恥ずかしいことを話さないとならない」

「恥ずかしいこと……ですか」

何が恥ずかしいのだろう。靫正は、自分のことでもないのにそわそわしてきた。

教授は内ポケットからもう一度、しまっていた煙草の箱を取り出した。一本取り出すと、箱を傍らに置く。くわえた先に、ライターで火をつけた。煙が揺れる。

「その、……君は、あやかしと関わる自分について、どう思う？」

「どう、とは？」

曖昧な質問だ。靫正はうーん、と考え込んだ。

「昔から幽霊のようなものが見えていましたが、母に、見えてもいいけど気軽にひとに話してはいけないとは言われていました」

「それだ」

教授は、くわっ、と目を瞠った。「それだよ、君。自分にはふつうのことでも、他人にも認識できなければ、絵空事だ。君の母上は賢明だ。幽霊が見える、と他人に話して、すごい、と言われることなどありはしない。ひとの気をひこうとしているかわいそうな子と思われがちではないか？　どうかね？」

「ええっと、……なんとなく、わかります」

早口で立て板に水は石原も同じだが、教授は男だからかより師匠と似た印象だ。しかし師匠より歳を取っているからか、だいぶんアクが強いな、と靫正は思った。

「で、だ……私は、物心ついたころから、夢を見ていてな」

靫正は、ハッとした。本題に入ったと感じたからだ。

教授は、指に挟んだ煙草を、バケツのふちで軽く叩いて、灰を落とした。口にくわえ、吸い込む。煙を吐き出しながらつづけた。

「怖ろしい夢だった。自分の生まれた土地が蛮族に襲われ、家々が焼かれ、家族が殺され……なぜか自分だけは引っ立てられ、奴隷として連れ去られる、という夢だ」

なんとなく、そういうことは現実に起きていてもおかしくないな、と靫正は思った。あるいは、映画の一幕か。

「家族に訴えても、何か怖い本を読むか、TV番組でも見たのではないかと言われるだけだった。寝るのが怖くて、夜ふかしをしたものだ。意識を失うように眠ると、夢を見ることはなかったのでな」

「それは、いつも同じ夢だったんですか？」

気になって尋ねると、教授は目を細めた。微笑んだように見える。

「それが君、不思議なことに、夢は徐々に時間を進めていってな。私が二十歳になるころには、夢の中で、奴隷として連れ去られた先で、村を襲った首謀者に、国に伝わっていた秘儀について拷問を受け、相手の求める情報を提供できなかったので、その首謀者の跡継ぎの世話をさせられることになった」

教授はそこで、煙草を吸った。何度も煙を吸っては吐いている。

「まるで、物語みたいですね」

夢の中で、時間が進んでいく。それは、どういうことなのか。

靫正の夢は、時間が行きつ戻りつしていたように思えている。それとも、断片的すぎて、繋ぎ合わせられないだけなのか。

「そうだ。私の頭の中で、誰かが物語を読み聞かせているのかとも思えた。あるいは、どこからかの電波を受信しているのか、あるいは、……私に取り憑いている誰かの口惜しい記憶なのか、あるいは……私自身の前世の記憶か」

教授は煙草を捨てると、指折り数えた。「どれも、突拍子もなく、滑稽だ。思春期の思い込み。脳の変容による、神経衰弱。そう、考えようとした。だが、……」

教授は、深く溜息をついた。両手で鼻筋を押さえるようにして顔を半ば覆う。

「子どもを、育てていた。夢の中の、私は。……しかし、おかしな話だと思わんかね。村を焼き、滅ぼした国から連れ去った者を奴隷にして、我が子を育てさせる。その者に、復讐として殺されることは考えなかったのだろうか。あるいは、それを期待したのか……」

そこで顔から手を離す。はあ、と溜息をついた。

「おっしゃるとおりですね。……跡継ぎだったなら、そんな経緯の者には会わせないはず……」

「その子は跡継ぎだというのに、今で言うネグレクトを受けていたようだった。引き合わせられたばかりのとき、ちょこまかと歩き回っていたのに、唸るばかりでろくにしゃべれず、作法も知らず、……夢の中で、私はその子にかなり厳しくしたものだ。もう帰るところもなかったし、ほかにすることもなく……いや、うん。このあたりを話すと長くなる」

教授はそこで首を振った。「とにかく、私はその子を育てて、大きくした。彼は私に懐いた。知識も与えたので、先生、先生、と、慕ってくれた。……だが、いろいろあって、私は最後にその子を謀殺したんだ」

まさかの結末に、鞆正はポカンとした。

「え、……」

あまりにも驚いてまじまじと見ると、教授はニヤッとした。

「夢の話だぞ、君」

「で、でも……」

「なんで、そんなことを……したんだ」

サクヤが呟いた。ちらりと横目で見上げると、茫然とした表情を浮かべている。

「夢だって言ってるのに、夢だなんて、思ってないだろう、あんた」

サクヤはやや乱暴に問い質した。「育てた子を殺したなんて……いくら、家族の仇《かたき》、国の仇の子でも、育てたのに……？」

「うん」

子どものようにうなずいて、教授はサクヤを見上げた。「まあ、それに至るまでも、いろいろあったのでね。……長くなるから省くが……私はその子を殺したあとで、殺された。……そこで、わかったよ。これは私自身の記憶だ、とね。……今の人生に至る前の、人生の記憶」

靫正は何も言えなかった。

そして、教授がしきりに、恥ずかしい、と言ったのも、なんとなく理由がわかった。前世など、荒唐無稽すぎる。当人が自覚しているように、六十近い分別のある大人が口にするには滑稽ですらある。

ありえない。ばかばかしい。

教授自身、今までそう否定してきたのではないか。

「私は、夢の中で死を迎えて、それらの一連の記憶が、ほかの誰かの記憶や電波で受信した情報や誰かに取り憑かれているわけでもなく……昔に読んで忘れていた物語の内容でもなく、自分自身の通り過ぎてきた過去だと、確信してしまった。君たちには、滑稽に思えるだろうが……」

教授はまた、両手を鼻筋に当てて、顔を隠すようにした。「こんな歳になってまで、このような戯言を口にするのは、たいそう恥ずかしく、勇気の要ることだ。それだけは汲んでほしい」

くぐもった声だったが、何を言っているかははっきりと理解できた。

「先生のお気持ちは、わかります」

靫正は短く答えた。ほかにどう言っていいのか見当がつかなかったからだ。

「そう言ってもらえると、ありがたいな」

教授は顔から手を離すと、靫正を見た。苦笑している。

「ところで、この話はまだつづきがある。……私は彼の殺害に加担したが、その直後に、彼を蘇生させもしたんだ」

「蘇生……生き返らせたのですか？　つまり、死んでいなかったと……？」

「いいや。死んではいたよ。彼は首を刎《は》ねられたからね」

困ったように眉を寄せ、教授はつづけた。「そのあたりは……なんともおぼろな記憶しかなくてね。都合がいいと言われればそれまでだが、……彼の亡骸はひどいありさまだった。私は彼の体を拾い集めて、どうにかして……術をかけて元通りにして、蘇らせたんだ。どうしてそんなことができたか、わからない」

教授はそこで口を閉ざす。靫正はなんとも返せなかった。

前世の記憶までは、まだいい。靫正にもわからないでもない。眠るとき、サクヤがそばにいないと見る、怖い夢。……夢の中で、靫正は殺し、殺されるような目に遭う。だが、殺した相手を生き返らせることに成功するのは、どうにも、現実的でなさすぎた。いや、夢の話なので、現実ではないのだろうが。

「納得できなさそうだな、君」

「その……正直な話、今まで聞いてきた内容は、前世の記憶だと考えても、理解できたのですが……死んだ、……自分で殺した人間を生き返らせたというのは、なんとも、不思議が過ぎて」

なあ、と靫正は、同意を求めて、傍らのサクヤを見上げた。

サクヤは、目を瞠って、まじまじと教授を見つめている。靫正は呆気に取られた。

教授も、サクヤのようすに気づいたようだ。

「何か、気になることでも？」

そう、サクヤに問いかける。

するとサクヤは、はっと我に返った。

「いや、……なんというか、その話……どこかで聞いたような気がして」

「なんと」

教授は立ち上がると、サクヤに歩み寄って、その両肩を掴んだ。思わず靫正も立ち上がる。

「君、どこでこの話を聞いたと？」

「えっ、……その、」

「先生、おやめください」

サクヤの声にかぶせて、鞁正は教授の腕に手をかけた。力を込めると、教授はやや目を見ひらいて、腕をひいた。

「……すまない。この話を聞いたことがあるなどと言われては、……」

「サクヤ。……」

知っているのか、と問うことは、鞁正にはできなかった。

鞁正を見返すサクヤの目は、潤んでいた。

「ごめん、……俺、昔のことは……あまりよく、憶えていないから。あの桜が散ってから、だいぶん忘れちまった……」

申しわけなさそうにうなだれるサクヤに、どうしてか鞁正はほっとした。

「いや、気にするな、サクヤ」

鞁正はサクヤに微笑みかけると、そっと肩を押して、さきほどまで自分が座っていたベンチに腰掛けさせた。サクヤは不安そうに見上げてくる。それへうなずいてから、隣に座り直した。

「先生」

呼びかけると、教授も再び元の位置に腰掛ける。

「君と彼は、……いや、それはまたの機会にしよう。とにかく、私は教えてほしい。

もし、知っていたらだが」

「何をでしょう？」

今まで話してきたことは前置きだったのだ。靫正はちらりと思ったが、あえて口に出さなかった。

「私が生き返らせた彼は、……彼を、どうすれば死なせてやれるだろうか」

教授の目は、真剣だった。


靫正は思わずサクヤを見た。

サクヤは、戸惑ってはいなかった。やや怒ったような顔で、教授を見ている。

「あんたは、育てていた子を、殺して、生き返らせて、また……？　そんな勝手なことが、許されると思ってるのか」

「……君の言う通りだ」

サクヤが非難しても、教授は怒らなかった。むしろ、うなずいている。

「彼を生き返らせたのは、反魂の術だったらしい。私の生まれた国に伝わる秘儀で、……それを得ようとした蛮族が、私の国を滅ぼしたんだ。私が拷問されたのはそのためだった。彼にかけた術は、ことのほかよく仕上がって、彼は屍人となった……」

そこで教授はしわぶいた。「彼は、それからずっと、ずっと、さまよいつづけて、今も……まだ」

「その子を死なせてあげたいのは、かわいそうだからですか」

問うと、教授は沈黙した。靫正は肯定ととった。

「その術を解いてやれば死ぬんじゃねえの」

サクヤが投げやりに提案した。見ると、その白っぽい顔は、かすかに朱に染まっていた。怒っているのだ。だが、……靫正は、引っかかりを覚えて、教授を見た。

「先生。その子をかわいそうだと、思っているんですよね。そう考えるのは、彼が苦しんでいるからですか？　いえ、……それより、彼はどこにいるんですか？」

靫正の問いかけに被さって、携帯電話の呼び出し音がした。教授は上着のポケットをまさぐった。取り出したのは、折り畳み式の、今となってはあまり見ない型の携帯電話だ。

「もしもし。……ああ、……いや、……え？　込み入った話をしているので、」

教授は苦い顔で、すぐに電話を閉じた。「やれやれ……今日は、ここまでだな」

「お急ぎの用が？」

「……べつにそういうわけではない。彼が来るので」

「彼、とは……」

靫正はぎょっとした。「先生。まさか、その、……」

「彼は、彼だよ」と、教授は口もとをほころばせた。「私は夢の中で、……前世で彼に、王子、というような呼称で呼びかけていた。おかげで今でも呼びかけに困る。瑠璃の目と炎の髪の王子」

　靫正は、呆気に取られた。

　隣でサクヤが息をのむのがわかる。

「遠い昔の、遠い国での出来事のようなのに、夢だからか、現代語で聞こえるのが、我ながらどうなっているのかとたいへん興味深い」

　うんうんと教授はうなずいている。「とにかく、彼は私の生国を焼いた王の跡継ぎだったが、世話をするうちに情が湧いて……可愛くてね……その記憶というか、心地が、あまりにも鮮明で、我が子でもあれほどに可愛がれなかった気がしたから、結婚もせずきてしまった」

「先生……あの、伊吹さんを殺したいんですか？」

　おそるおそる問うと、想い出に浸っていた教授は、目を剥《む》いた。

「君、何を言っているんだ？」

「え、だって……」

「待って、坊ちゃん」

　サクヤが慌てた。「そこに、いる……」

建物の角に、サクヤは顔を向けた。

「……そんな、すぐに気がつかなくても」

伊吹が、出てきた。


伊吹はにこにこしながら近づいてくると、教授の隣に座った。

「あんまり遅いんでサークル室に迎えに行こうと思ったけど、ここで済んでよかった。

――で、秘書の僕を差し置いて、どんな込み入った話をしていたんですが、先生」

教授はじろりと伊吹を見る。

「来なくていいと、言ったはずだが」

「教官室に鍵はかけてきたよ。どうせ今日はもう、誰も来ないでしょ？　みんな、お祭りの準備で忙しいんだから」

彼はにこにこしながら教授を見た。教授は目を合わせようとしない。気まずいのだろう。

「で？」

伊吹は、教授から載正へと視線を移した。それからサクヤを見る。

作り笑いのような貼りついた笑みが、変化したのを載正は感じた。心底やさしい目で、伊吹はサクヤに微笑みかけた。

「君、さあ……彼の影の中に、いたでしょう」

伊吹の言葉に、サクヤはぎょっとしたようだった。

「……何を、言って」

「ああ、取り繕わなくてもいいよ。僕は、わかってるから」

伊吹は近づくと手を伸ばしてサクヤの腕を掴んだ。サクヤはびっくりした顔になったが、振り払わない。

「それに、……うん、まあ、いいか」

茫然としているサクヤの手首を掴んで、もう一方の手で握手のように握った。靫正はたまらず手を出して、反射的にそれを払いのけようとした。

だが一瞬早く、伊吹はパッと手を引っ込めた。

「おっかないなあ。君のだいじな式神に、悪さをするつもりはないよ。ただ、確かめたかっただけ」

「何をだ」

靫正は伊吹を睨みつけた。怖いと思っていたが、今はそれどころではない。サクヤに何かをする気だとしたら、なんとしてでも止めねばならない。

「僕と同類だってことをね。厳密には違うにしろ……人間ではない、という意味で」

伊吹はそう言うと、教授に顔を向けた。「ね、先生」

教授は黙ってそれを見返す。

「……あなたには、申しわけないことをしたとは、思っているのだが」

「いやいやいやいやいや。何度も言ってるけど、こうして再会できたからには、感謝してるよ」

伊吹は心外そうな顔をした。「先生は、そうじゃないかもしれないけど……」

「いいや。私も、あなたに会えて、うれしかった」

ふたりのやりとりに、靫正は、微妙にいたたまれない気持ちになった。

見ると、伊吹が現れたときの緊張はどこへいったのか、サクヤも呆れているようだ。

「あんたが死なせてやりたいって言ったのは、こいつじゃないのかよ」

サクヤがぼそりと呟く。

すると、伊吹はハッとしたようにサクヤを見た。

「えっ……」

「そいつ、前世で殺して生き返らせた可愛い子を、殺してやりたいと言っていたぜ」

「サクヤ。正確には『死なせてやりたい』だ」

「先生！　やっとその気になってくれたの?!」

靫正が訂正すると同時に、伊吹がうれしそうに教授の腕を掴む。

その言葉に、靫正は呆気にとられて、ふたりを見た。

「違う。彼の言うように、殺したいのではない。死なせてやりたいだけだ」

「えええええ……殺してくれていいのに……」

伊吹は不服そうだ。

いったいふたりはどういう関係なのか。混乱してきた。

「そういう物騒なことを言うのはやめなさい」

教授は諭すように告げる。「それに、私はもう、以前とは違う人間だ。生まれた土地も、家族も、誰にも奪われなかった。……あなたが以前のことを負い目に思う必要は、ない」

「それじゃあ僕の気が済まないんだけど」

食い下がる伊吹を無視して、教授は靫正を見た。

「君は勘違いをしたようだが、私は何も、この子を殺したいわけではない。……今となっては、死ぬまで一緒にいようと思っている」

ふふっ、と伊吹が笑った。満足そうな視線を教授に向けている。

靫正は、もしかして、彼は自分と似たもの同士なのかもしれないと思ってしまった。

「さっきも言っただろう。術がよく仕上がったと。この子は屍人として完璧だ。今はこの外見だが……数年前までは十四歳のままだった。死んだときのままで、……今後はいつまでも、このままなんだ」

教授の顔が歪む。「私は死ぬまでこの子と一緒にいるつもりだが……いつかは、死ぬ。そうなったら、……不死の屍人となったこの子は、ひとりきりになってしまう」

やっと、靭正は、教授の考えを理解した。

話が長い。

師匠より長く、回りくどい。

「なるほど」

サクヤがうんうんとうなずいた。さきほどまで不安そうな気配を漂わせていたが、教授の望みがやっとはっきりわかったことにより、安心したようだ。

「これは、あれだよ、坊ちゃん」

サクヤは、真顔だ。「飼ってる猫より先に死ねないってやつだ」

それを聞いて、教授は何か言いたそうな顔になった。

「先生、僕はべつに、先生が死んだあともそのままでもいいけど。また先生がこの世に生まれてくれるように、呪うから」

伊吹はにこにこしている。

「え……まさか、その、伊吹さんが呪ったから、……なんですか?」

あまりにも現実的でなさすぎるので、靭正は言葉を濁した。

「そんなはずはないだろう」と、教授は首を振る。

「でもさあ……僕は反魂で蘇ったけど、この国のほかのあやかしは、ほとんどが人間の怖れが宿った、人間以外の何かなんでしょう？　つまり、気持ちというか、感情というか、そういうものからできているんだよね。だったら、僕がずっと、先生にもう一度会いたい会いたいって念じてたから、先生がまた生まれてきてくれたと考えても、おかしくないんじゃないかな」

伊吹はにこにこと教授を見おろしている。

「うう……言いくるめられそうだ」

教授は頭を押さえた。「まったく筋が通っていないのに自信たっぷりで……そうかもしれないと、一瞬でも考えたらおしまいだ。引きずり込まれる。この世の呪術めいたものはみんな思い込みだと、私は思っているのだが……」

「それはそれで、おかしい気がします。先生が前世の記憶を持っていて、前世から縁のあった伊吹さんと再会したんでしょう？　だったら、どんなことでも起きると思えるのに……呪いがないと、考えているんですか？」

靫正は疑問を口にした。サクヤが呆れたような目を向けてくる。

「坊ちゃんも昔は、幽霊が見えるのに、あやかしなんていない、とか言ってなかったっけ……」

心当たりがありすぎるので、靫正は口をつぐんだ。

「それとこれとは話がべつだ」と、教授が答える。「とにかく、私は二度と生まれてくる気などない。そのためにも、彼に呪われないよう、これから五十年くらい経ってからでいいので死んでほしい」

「五十年とはまた具体的な」

「死なない体に魂を繋ぎ止め何千年と彷徨わせた償いをするには短い歳月なのはわかっているが……せめてこれからの五十年、彼が楽しく過ごす手伝いをするつもりだ。その後、私が死ぬ直前に思い残しなく死んでくれれば、看取《み》れるし、淋しい思いをさせずに済むだろう？」

サクヤが、ひえぇ、と呟くのが聞こえた。サクヤの気持ちがよくわかる。靫正もさすがに驚き呆れていた。

しかし、教授の気持ちもわからなくはなかった。教授は、これから死ぬまでずっと伊吹と一緒にいるつもりなのだ。その決意を靫正はうらやましいと思った。

「……先生より先に死ぬのはべつにいいけど」

伊吹は、肩をすくめた。「だけど、先生のこと、心配だよ。僕がいなくなったら、きっと淋しいよ」

「それは覚悟している」

教授はまじめくさって言った。淋しくなんかない、と返さないところがすごいな、と靫正は感心した。

「ねえ、坊ちゃん」

サクヤが、腕をつついてくる。「あれで、いいんじゃないかな……」

「あれ、とは？」

問うと、サクヤは口ごもった。

「あの……ほら……」

微妙に、言いにくそうだ。「これ……」

そう言うと、サクヤは靫正の手を取った。されるがままになっていると、小指に小指を絡めてくる。

「あ！」

そのしぐさで、やっと気づいた。

声をあげた靫正を、教授と伊吹が同時に見る。

「先生……その、どうしても、伊吹さんを先に死なせたいんですか？」

問うと、教授は怪訝な顔をした。

「どういう意味かね」

「同時、なら、なんとかなるかもしれないんですが」

「同時……？」

「先生が死んだら僕も死ぬってこと？」

教授と伊吹の声が重なる。靫正は伊吹に向かってうなずいた。

「本当にそうなるかどうかはわからないんですが、……人間とあやかしが、死んだあとも一緒にいると誓うとき、ゆびきりをするんです。そうすると、繋がって、片方が死んだとき、もう一方も引きずられて死んでしまうと、僕は聞いています。そのことは知らなかったんですが、僕はサクヤとずっと一緒にいたかったので、ただの約束のつもりでゆびきりしました。おかげで、僕が死ぬとサクヤも死ぬし、サクヤが死ねば僕も死ぬんです」

その説明に、何故か伊吹は眉をひそめた。が、その表情は一瞬で消えて、ぱっと明るくなる。

「先生！　やってみよう！」

「……死んだあとも一緒にいる、だと」

教授は唸った。「いやいや……まず、死んだあとは消えるだけだろう。なのに、一緒にいる？　そんなことができるはずがない」

「このおひと、ずいぶん頭が固いねえ」

サクヤがひそひそした。「なのに、前世の記憶は疑ってないいんだよな。へんなの」

「いや、そこは自分でも変だと思っているので」

教授はサクヤを見た。それから溜息をつく。

「しかし、そんな話は、初めて聞くぞ。実際に、効果があるのかね」

「そりゃ、死んでみたらわかるんじゃねえの」

サクヤはそう言ってから、ハッとした顔になる。「いや！　その、俺は死ぬ気はないからね！　坊ちゃんだって死なせないんだから！　試さないでよ！」

「そんな物騒なこと、しないよ。安心して」

伊吹はおかしそうにサクヤを見た。その視線が、妙にやさしげに感じられる。さきほど現れたときから、伊吹はサクヤに対してやさしく接しているように見える。靫正はその意味を知りたくなった。微妙にやきもきする。

「ねえ先生、どうなるかわかんないけど、とにかくやってみよう」

言いながら伊吹は、そっと教授の手を掴んだ。さきほどサクヤが靫正にしたように、教授の小指に自分の指を絡める。

——ああ、そうだ。

靫正は、思い出した。

昔、ああしたのは、自分だった。

どうしても、サクヤと一緒にいたかった。ずっと一緒にいて、とお願いして。約束してもらった。

ずっと、ずっと一緒だと。

「ゆびきり、げんまん、うそついたら、はりせんぼん、のーます」

伊吹は子どものような笑顔で唱える。

伊吹が訪れる前に、教授が「あの子」と表現していた意味が、範正にもわかった。

伊吹の表情は、顔立ちはともかく、「あの子」と言いたくなるくらい、無邪気に見えたのだ。

教授は、なんともいえない顔をして、そんな伊吹を見ていた。

「僕と先生は、これで、どこまでも、いつまでも、一緒だよ」

「こんなまじないに効力があるかははなはだ疑問だが……あなたがそれでいいというなら、私も取り立てて反対はしない」

教授はそこで、ちいさく笑った。

伍 いまの主従

ぴい、ぴい、とかぼそい鳴き声がした。

下を見ながら、そっと近づく。

白い毛玉が、落ちていた。

そっとしゃがむと、死んでいるかと思ったそれは、動いた。

見上げると、木の枝に巣がある。落ちたのだろう。かわいそうに……こんなにもきれいで、可愛いのに。

怪我をしているようだ。なんとか手当てをしてやりたい。そう思って、そっと手を伸ばす。

代々受け継いだ通力《つうりき》が、彼にはあった。天気を当てる程度の、些細な通力だ。兄がちょっとした擦り傷をつくったとき、手を当てたら、半日後には治っていた。兄はびっくりして、おまえはすごいね、と褒めてくれた。

この毛玉も、そのようにして助けられないだろうか。

そう考えながら、両手で持ち上げる。

ぐったりとした毛玉が、頭をわずかに動かした。目は閉じていたが、自分を見るようにして、ぴい、とかすかに鳴く。

（たすけて）

　そう、聞こえた。


　結局、学祭では裏方としてサークルを手伝うこととなった。

「申しわけないわ。頭数としてだけって約束だったのに」

「……そうですね」

　石原の言葉に、靫正は正直にうなずいた。影の中にサクヤはいないが、いたらふき出していたかもしれない。

「周くんに、交替したらこちらに戻るように伝えてね」

　石原に送り出され、靫正は教室を出た。

　昔噺研究会が展示会場として借りられたのは、二号館の一階にある教室だった。玄関を中心として、教官室のある翼とは逆の端である。端ではあるが、窓が中庭に面しているし、階段をのぼらなくていい一階なので、客はそれなりに寄っていく。ただ、興味があるかないかだ。

昔噺研究会、という名称のせいか、子ども向けに絵本が置いてあったり、読み聞かせをしたりする印象を持つのか、子ども連れが来ては、展示されている「座敷童子の分類」だの、「のっぺらぼうは皮膚病のタヌキ？」だのを見て、ぎょっとした顔をして帰っていく。靫正もちらりと展示を見たが、「昔噺研究会」という名称は誇大広告というか、虚偽ではないかと思ってしまった。会員の研究発表展示は、あやかしについてばかりだったのである。

ほかには会誌の販売などもあった。伝え聞いた話をマンガにしたものが載っていて、そのマンガがびっくりするほど達者で、ぱらっと見ただけでも驚いた。会員が描いたものらしいが、誰かはわからない。その会誌の購入を目当てで訪れる者もいるようだ。

靫正は二号館から出ると、溜息をついた。

二号館と一号館のあいだの中庭は、建物に沿って出店が連なっている。お祭りにありがちな、たこ焼き、お好み焼き、焼きそば、クレープ、わたあめ、りんごあめ、フランクフルトなど、一通り揃っていた。たこ焼きに関しては、同じ形態で中身の異なる、チョコやあんこなどの甘いものや、たこではなく海老やホタテの入ったものなどもあるようだ。あんこ入りのたこ焼きは、鷹羽が弓道部の先輩に協力した出店だったので、家業が和菓子店の彼の提案かもしれない。

靫正はやれやれと思いながらそのあいだを進んだ。一号館のＬ字形の底にある売店は休業で閉まっているが、噴水は勢いよく噴いて、水滴が陽光にキラキラと反射していた。美しい。

　広場にはさまざまなひとが行き交っている。学生や、学生と連れ立って来た客。大和学院の制服を着た生徒の集団も通り過ぎた。後輩が来るかもしれないなあ、と靫正は思った。弓道部は体育館横の弓道場を開放しているはずだ。

「……真柴くん」

　靫正は噴水の手前に真柴を見つけて、声をかけた。

「やあ、宗近くん」

「お疲れさま。交替するよ」

　真柴をねぎらうと、苦笑が返される。

　彼は自分の顎の高さほどの棒付きの看板を持っていた。看板には「昔噺研究会発表会場は二号館の101教室」と表記されている。場所は紙で貼られているので、来年も使い回すのだろう。

　石原が靫正と真柴に命じたのは、校門近くで看板を持つ宣伝告知役だった。

「いやあ……本当に疲れたよ。覚悟はしていたが、立ってるだけなのもなかなかきついな」

　真柴はそう言いつつも、どこか楽しそうだ。ふだんはなんとなく陰鬱さを漂わせているのがうそのようで、靫正はほっとする。やはり、誰でも楽しいほうが、いい。

「それに、知らない催しの予定や場所を訊かれて答えられないのが申しわけなくて。案内の看板を持っているだけで、ほかの場所も熟知していると思われるんだな」

看板を渡されつつ言われて、なるほど、と、靫正はうなずく。

「そういうこともあるんですね。プログラムを持ってきてよかった」

靫正は上着のポケットに手を入れた。中には折り畳んだプログラムがちゃんと入っている。自分を褒めたいところだ。

真柴は、目を丸くした。

「宗近くんは、前向きだな。俺なんて、なんでこんなことしてるんだろう、と、鬱々としていたのに」

「前向きと褒められるとは、これはうれしいことですよ」

靫正が笑うと、真柴は苦笑した。

「前向きと言われて皮肉やいやみととらないところも、すごいな」

「え、今のはもしや、皮肉やいやみだったのですか」

真顔で訊くと、真柴はびっくりした顔になった。ちょっと笑う。

「いや、もちろん、そんなつもりはなかった。ただ、俺だったら、当てこすりか何かと思ってしまいそうなだけで……」

真柴は腕組みすると、うーん、と首を捻った。「俺はやっぱり、ネガティブなんだろうな。どうも考えが後ろ向きだ。そのくせ消極的で……」

「用心深い性格なんですよ」

靫正が取りなすと、真柴は弱々しく笑った。

「俺は兄に、逆のことを言われつづけたな。不注意だ、気をつけろ、と。……おまえは体が弱いんだから、周りに迷惑をかけないように気をつけろと……」

靫正は微妙に緊張した。真柴の後ろに、うっすらと黒いもやが浮かび始めたからだ。

「お兄さん……心配性なんですね」

当たり障りなく、靫正は返した。

「うん。いつも俺が、誰かに迷惑をかけないようにと気を配ってくれてたな。ひとり暮らしを勧めてくれたのは兄だけど……夜ふかしして遅刻するんじゃないか、髪を乾かさずに寝て風邪をひくんじゃないか、料理を失敗して焦がすんじゃないか、洗濯物を取り込みそびれて雨に降られるんじゃないか、って、いろいろと……」

呪いだ。

真柴を詳しく知っているとは言えない。だが、真柴の兄は、弟を心配しているのではなく、呪いをかけているのだと、靫正は気づいた。

何かを失敗するのではないかと案じている、と告げることは、相手に失敗してほしい願いの場合がある。もちろん、告げた当人は、自分の願いに気づいていない。心配のていを装って、自信をそぎ取り、何かするたびに不安に苛まれるように仕向け、……依存心を高めさせる。

「真柴くん。迷惑は、かけあうものだ」

靫正が言うと、真柴は、え、とうつむきかけていた顔を上げた。

「でも……俺に、迷惑をかけてはいけないって……兄が言う」

「誰にも迷惑をかけないということは、誰とも関わらずに生きていくということではないだろうか」

靫正は、言葉に力を込めた。そのせいで、いつもの口調でなくなってしまう。だが、真柴はただただ戸惑っていて、気づかないようだ。

「君は……ゆうちゃんと同じことを言うんだな」

やや茫然と、真柴はつづけた。「ゆうちゃんも前に、……誰にも迷惑をかけないのは、誰も頼らないのと同じだ、と兄に言った。兄はそれからは、俺に、ゆうちゃんと関わるな、と言うようになった。ゆうちゃんは幽霊を見たと嘘をつくし、って……」

気になる情報が入ったが、靫正はそれはひとまず問い質さないでおく。

「まあそれはともかく……夜ふかしして遅刻したり、風邪をひいたり、……そういうことって、これから死ぬまで八十年くらい生きたら、一度はありますよね。お兄さんの心配もわかりますが、一度も失敗しないのは無理だし、気にしすぎるのも疲れてしまいますよ」

真柴の兄を否定するのも避けた。彼の後ろで、黒いもやが点滅している。それが、真柴の兄のように思えた。

「八十年」と、真柴は繰り返した。

そして、声を立てて笑った。

笑い声の震動で、後ろの黒いもやが散っていく。ぱちぱちとはじける音が聞こえそうだ。

「ふふ、……笑ったら、元気が出てきた気がする。疲れてるのに」

ひとしきり声を立てて笑ってから、真柴はそう言った。「宗近くんは、おもしろいなあ。あと八十年も生きるとか、考えたこともなかった」

「そんなにおもしろいことを言いましたか」

靫正はにこにこした。真柴の後ろに憑いていた何かを、真柴自身が追い払ったのが、とてもよいことのように思えたのだ。完全に追い払ったわけでなく、一時的にだとしても、一度できたからには、次も可能だろう。

ひとはそう簡単に変わらないにしろ、兄にかけられる呪いを、真柴が自分自身の力で撥《は》ね除けられつづけるようになるといい、と靫正は念じた。

「うん。前にゆうちゃんがときどき見る夢の話を、聞いたときのことを思い出したよ。ゆうちゃんは夢の中で、八十くらいのおばあさんだったことがあるんだってさ」

「へえ。僕はそこまで歳を取ったことはないですね。……時代劇が好きだったからか、武士になっている夢は見ますが」

「宗近くんの前世は、武士だったんじゃないのか」

真柴はそこでまた、笑った。「ゆうちゃんは、もふもふの動物を飼って、幸せに暮らす夢を、前世だって信じてたみたいだよ」


真柴と交替して、案内の看板を持つ。

石原は、夢を前世と思い込んで、昔噺を探すようになったと、真柴は言った。親戚には、あの子はちょっと浮世離れしてる、と言われるようになったので、今では前世などとは、おくびにも出さないようだが。

靫正としては、前世がある、と自称することについては、自分も含めて肯定しづらいが、興味はある。

靫正の師匠は小説家で、最初は少女向けのライトノベルを書いていた。今では現代物も、時代物も、男女問わず読めるものを書いている。

その師匠によると、最近は、ファンタジー世界に転生する軽い読み口の物語が流《は》行《や》っているそうだ。しかし師匠は、転生した先の異世界で、記憶を持ったまま活躍する話を書けそうにない、流行に乗れなくて残念だ、と言う。その理由を、今の自分がどこからか生まれ変わってきたと考えても、たいして何も起きない気がするから、と説明した。その説明を聞いたときは煙に巻かれた気がしたが、今ならなんとなくわかる。

生まれ変わった先まで、以前の人生を引きずってしまうのは、どうなのだろう。べつに不幸とも、とても幸せとも思わないが……どうしてもやり遂げたいことがあるから生まれ変わったのだろうか。そんなふうに思えてしまう。

甲斐教授はともかく、石原までもが前世の記憶を有しているとしたら、……やはり、何かやり残したことがあって、もう一度生まれてくるのだろうか。

看板を持って立ち、一時間ほどが過ぎるころ、靫正は退屈と疲労を覚え始めていた。体力がないわけではない。むしろ、あるほうだ。しかし、ひとつところにじっと立っているのはなかなかに苦行だった。これも修業だ、と考える。

サクヤがいれば気持ちは紛れただろう。いないのは、学祭の期間中は石原と会うと予想できたからだ。彼女があやかしと関われるか否かを確かめて、関われるならサクヤの自慢を聞かせたい、と靫正は未だに考えている。

喫煙所で甲斐教授にまで気配を悟られたため、サクヤは自身の未熟さをたいへん反省していた。そんなに反省しなくてもいいのに、と靫正が案じるほどには。ほぼ落ち込んでいたと言っていい。

ここはむずかしいところだ。あやかしと人間では感覚が異なる。へたに慰めたらますます落ち込ませてしまうかもしれない。

サクヤは怠けるほうが好きだと自分で言う。だから、できるだけ怠けられるように、いろいろと効率よくやりたい、とも。別の意味で働き者である。自覚はないらしいのが靫正からすればたいへんおかしい。おかしいというのは滑稽という意味ではなく、微笑ましい、のだ。

靫正にとってサクヤは、そのままで充分だと思うが、サクヤは、自身が、仕えている相手のためになりたい、有用でありたい、と強く望んでいる。それを否定するつもりはないが、あまりにも思い詰めすぎるなら止めたいとも考えてしまう。

「……やはり、どう考えても、すれ違っている……」

看板を右手で持ち、仁王立ちの状態で、靫正はぽつりと呟いた。

真柴は、道を訊かれたりしたと言ったが、靫正は誰に何を訊かれることもなかった。

よほど怖い顔をしていたのだろうか。

「やあ、君」

そんな中、声をかけられる。見なくてもわかった。

「甲斐先生」

「忘れていたが、口止めをしておきたくてな。石原くんに訊いたら、君は案内役をしているとのことだったので……」

近づいてきた甲斐教授は、早口で告げた。いつもと違いスーツではなく、開襟シャツにカーディガンという出で立ちで、髪も整えてはいない。そうするとだいぶ若く見えた。

「口止め」

靫正は目を丸くした。「何をですか？」

「……その、……先日、喫煙所でした話だ」

「遠い国の、遠い昔の……？」

「それだ！」

甲斐教授は、顔を険しくさせた。同時に、ビシッ、と靫正に指を突きつける。

「それについては、他言無用だ」

靫正は師匠を思い浮かべた。甲斐教授の語った話を報告したらよろこんだかもしれない。あるいは、そんなことが実際に起きていたなら自分が書く必要はないな、と、のたまったかもしれない。

どちらにしろ、師匠の反応を見ることはできないようだ。

「まあ、そうなりますよね」

靫正はうなずいた。だが、ものは試しとつづける。

「ところで先生。何かをしてもらうときは、相手に対価を渡す、……らしいですよ。あやかしと関わるときには」

「君は、あやかしかね？」

甲斐教授は、靫正につきつけた指をおろした。「……いや、君には式神がいるのか。むう……何かご所望かね。言っておくが、私は清貧だ。金銭を求められても困るぞ」

「そういうのは僕も求めてはいないです。……そうですね」

靫正は思い出し笑いをした。「先日のももんが……野衾とは違う野衾が、以前に知り合いに手紙を届けに来たとき、怪我をしていて、それを知り合いが手当てしたら、お礼に何かする、と言ったのです。貸し借りはつくらない。あやかしはそういう心づもりなんです」

「それは私も聞いたことがあるな」

うむ、と教授はうなずいた。「仕える相手がいる場合は、そのほかの人間に、貸し借りはつくらないと……」

「野衾が手当ての礼をしたいと言うと、知り合いは、その手ざわりを堪能したいと求めました。野衾は戸惑いつつもそれを承諾して、もふもふされていたんです」

靫正が語り終えると、甲斐教授は怪訝そうな顔をしつつ、やや身構えた。

「もふもふ……それは、つまり、毛並みを堪能したということでいいか？　だとしても、君は私に何を求めているんだ？」

「いや、べつに先生をもふもふしたいわけではないですよ」

誤解されかかっていると気づいて、靫正は慌てて言った。それから、笑う。

「僕が言いたいのは、ものや金銭でない対価もあるということでした。回りくどくてわかりにくくなってしまったようです。すみません」

「ふむ……？　ならば、試験の回答かね。君は私の講義を取っていたな。単位の融通は利かせられんぞ。問題の範囲か、ポイントを押さえる程度までならなんとかできるが、問題や回答そのものも提供できない」

「違いますよ」

靫正は苦笑した。この教授の生真面目さと、冗談の通じなさは、師匠を上回るかもしれない。あるいは、師匠も年をとったらこうなるのだろうか。

「僕の話を聞いていただきたいんです。そして、第三者として、ご意見を伺いたい」

教授は眉を上げた。それからあたりを見まわす。

「君、今なら話を聞くのはかまわんが、長くなるなら、座らせてくれないか。案内役がベンチの近くに立っていてもよかろう」

教授はそう言って、足早にベンチに向かう。ちょうど、来客らしい老夫婦が立ち上がったところだった。教授はベンチの端に座った。

「誰か来るかもしれないですよ」

鞆正はそれに近づいて、言った。ベンチは三人掛けだ。教授が座ってもまだ空いている。金曜なのに来客は意外と多かった。ほかのベンチは塞がっている。

「ならば君も座りたまえ。大男がふたりも座っていたら、誰も近づかん」

教授の言うように、鞆正も教授も、そこそこの大男ではある。教授は枯れ木のように痩せているが、鞆正はそれなりに鍛えているので、厚みに差はあったが。

「僕、案内役で、看板を持って立っていてほしいと言われたんです。座っていたら、あとで石原先生に叱られるのでは……」

「そうなったら私が取りなしてあげよう。それに金曜はまだ本番ではない。昔噺研究会のようなところは、来客の母数が多くなる土日が勝負だからな」

甲斐教授は鷹揚にふんぞり返った。そうまで言われると、鞆正としては従うほうが無難に思えた。何より、教授は話を聞いてくれる気になっているのだ。

「では先生。……僕、生まれる前の夢を見ているのかなと思うときがあるんです」

靫正が教授の隣に座って語り出すと、教授は、ほう、と声を出した。

「まさかの君も前世持ちか」

前世持ちなどと表現すると、妙に日常的だ。意外に、前世の記憶を持っている者は多い可能性に、靫正は思い至った。――実際に、生まれ変わってきたかどうかは別として。

「前世かどうかはわからないですが……僕は、ひとを殺す夢を、よく見ました。殺すというか、戦争をしているようです。といっても、近代戦争ではなく、刀や弓を使っていました」

「なるほど、安土桃山時代より前だな。幕末は、刀は使っても、弓を用いたとはあまり聞かん。いや、調べればあるのかもしれないが……」

歴史学部の教授だけあって、細かい。

「幕末は、騎乗の弓射……してたんですかね」

「流鏑馬《やぶさめ》か。君、夢の中で流鏑馬を？」

「八幡宮で見たことありますけど、ああいう感じではなかったですね。……うまく言えないですけど……こう……見える範囲で、点ほどの大きさの、相手の首を射貫く、というのを、夢の中で、やっていました」

靫正は、立てた看板に寄りかかりながら、空を見上げた。

夢の話だ。だから、思い出そうとしてもぼやけている。

頭は兜をつけているから、当てても致命傷にはならない。首……正面の、顎の下だ。そこを分厚く守る者は少ない……夢の中の靫正は、そう考えていた。実際に、首を固く守る武将がいなかったわけではないだろう。だが、そのときの靫正が対峙していた相手は、そうではなかった。

「君は武士か山賊だったのか？　あ、いや……そのような、記憶……夢を、見ていた、と？」

教授の問いかけが隣から聞こえる。

「山賊……じゃないとは思いたいですが、武士でも、似たようなものでしょうかね。夢の中の僕は、たくさん殺していましたから。刀も、持っていた。馬で、駆けて……でも、望んでそういう生活をしていたわけではないようです。途切れ途切れですが、大恩ある相手が謀殺されて、その意趣返し、のような……？　あいまいです。ただ、……そういう夢を子どものころから見ていたので、怖かったです……」

そこまで言って靫正は、ためらった。

……今より以前の生を経験しているとして、もう一度、この世に生まれてきたのは、以前に決められたことだったのか。そうだとしても、靫正は特に懊悩《おうのう》することはない。そういう性格だ。それに、ひとは……誰でも、何かの役割を背負っている。

ただ、役割を担っていても、明確に、自分がそうである、などと考えることはないだろう。そんな確信を持っているほうが、おかしくはあるのだ。

「僕は、……夢の中の僕は、そのようにして敵を殺すことが苦ではなかった。正しいと信じていたし……何より、守りたいものがいたのです。……子どものころに、拾った鳥のひな……それは死にかけていたのですが、夢の中の僕が連れ帰って手当てをして、元気になりました。とても賢くて……少し時が経つと、わかったんです。彼は、僕の影響を受けて、あやかしとなっていた。死にかけていたせいで、僕の気と、生来持っていた力の影響を、強く受けたようでした」

こんな話を、靫正は今まで誰にもしたことがない。師匠にも、姉弟子にも、サクヤにさえ、言ったことはなかった。

おぼろな夢の中の、さらにおぼろな、「そうしたかもしれない」という感触。

「だから彼は、人間の姿にもなれた。そして、僕の従者となってくれました。僕に忠実で、どこまでもついてきて……だけど、僕は、先に死んだ。そのあと、彼がどうなったか、……」

靫正はそこで、教授を見た。

教授は、靫正を見ていた。

「君、……私をからかっているのか？」

教授は真顔だ。慌てて靫正は首を振った。

「なぜですか？」

「ほぼほぼ、私の話と差がない」

「えっ……？　そんなことないのでは？」

靫正は目をしばたたかせた。「改めて申し上げますが、僕は先生をからかおうとは思っていません。いま話したことは、僕の見る夢という意味で、ほんとうです」

そう言いながら、教授が恥ずかしがっていた意味を理解する。教授も、こうして夢の話をして、今のように疑われたことがあったのかもしれない。

「いや、……すまない。あまりにも、似通った点が気になったので、懐疑的になってしまった。どうにも、前世とは、胡散臭くて、扱いづらい。前世をテーマにしたフィクションなどを摂取した思春期の子どもが、行き場のない自分の気持ちを転嫁して、自分にもそうした経験があると思い込むのはめずらしくない。私は、自分がそうなのかと、三十近くなるまで疑っていたからな。だが、君は……」

教授が言い終えるのを待っていると、言葉が途切れた。待ってもつづきはないようだ。靫正はそう考えて口をひらいた。

「似通った点とは……？　僕にはわかりませんでした。それに僕だって、我がことながら疑っています。こんなのは前世の記憶ではなくて、すでに死んだ誰かの妄念に取り憑かれたのか、あるいは、自分が無意識でしている、妄想ではないかと」

靫正が言い終えると、教授は、顎に手をやった。

「似通った点があると、君は気づいていないようだが……まずひとつ、君が死んでいることと……相手を助けて、人間ではないものにしてしまったことだ」

「先生。前世の記憶を語る際、死んだ、という点は前提なので、共通点というほどではないと思います。それに、先生は、術によって王子を不死の存在にしたようですが、僕の相手はもともと人間ではなく、……僕の力が変容の一端を担っているとは思いますが、人間でないものにした、と言われても」

靫正が真顔で指摘すると、教授は目を白黒させた。

「おお……言われてみれば、そうだな」

教授は恥ずかしそうに目を伏せた。「からかわれるのではないかと身構えるせいか、被害妄想に陥っているようだ」

そう言う教授を、靫正は気の毒に思った。自分も、彼のようになっていたのかもしれないのだ。……サクヤが、いなければ。

自分は、運がよかったのだ。サクヤと出会えた。

しかしさすがに、靫正はそうは言わなかった。先生はそうではなかったが自分は運がよかった、という言い回しになってしまう。それはあまりにも無神経だ。

「君の話は、以上かね？」

「はい。……これは、僕の前世なんでしょうか？」

「ふむ……第三者として客観的に言わせてもらうと、君の夢は、それなりに具体的のように感じる。調べてみるのはどうか」

「調べる、とは」

思いがけない提案に、靫正は目を丸くした。

「たとえば、弓でひとを射殺すのは、歴史上、世界のどこかであったことだろう。それは今の君ではない過去のことととして、罪悪感をおぼえる必要はない。それはともかくだ、夢の中でどんな服装をしていて、どんな髪型をしていたかなどが、わかるのであれば、いつの時代のどこの国のことか、調べがつくのではないか？　どんな花が咲いていたか、食べものは」

教授がいきいきと語り出す。

求めた意見がおかしな方向に行き始めたことに靫正は気づいた。

「せ、先生……は、ご自分が、どこで伊吹さんと出会ったか、いつだったか、調べたんですか？」

「地理と時代はなんとなく見当がついているが、正解はわからない。明らかに千年単位で昔の話なので、特定は無理だろう」

「しかし、伊吹さんは、当時からずっとあのままではないんですか？　だったら、彼に訊けばわかるのでは」

　ふん、と教授は鼻を鳴らした。

「彼が殺されたのは十四のときだった。ずっと少年の姿のままでも問題がなかったようだが、……いろいろあって、再会して、……その、……私と一緒にいるには、その姿のままでは不都合とわかり……」

　ここで教授は、こほん、としわぶいた。「六十近いじいさんの私と、十代半ばの少年の彼が一緒にいれば、ふつうだったら祖父と孫だろう。だが、彼はあの見た目だ。赤毛はともかく、あの青い目で、私と血のつながりがあるようには見えない。しかも以前の少年の姿のまま歳を取らなければ、独身の私が少年趣味かと勘違いされると文句を言ったら、今の年齢まで外見を変化させてきた。どうも彼は、見た目を変える方法を会得しているらしい」

　歳を取ろうが取るまいが、伊吹のあの態度では、周りのひとはいろいろと勘違いをするのではないかと靫正は思ったが、言わなかった。勘違いされても特に問題はないだろう。当人同士の考えが食い違っていなければいいのだ。

「……まあそれはともかく、彼はずっと活動していたわけではないそうだ。本人の主張が事実なら、百年単位で眠っていたこともあったとか。眠ったまま運ばれることもあったので、移動してきたがどこからかはわからないと言う。だから、彼が憶えている年代も土地もあやふやなんだ」

「眠って、ですか……」

いったいどうなっているのか。伊吹の見た目は、見栄えの良さを除けばごくふつうの若者だ。

「それに、彼の言うことも、どこまで事実か、そうでないか、区別はつかない。ただ、わかっているのは……」

教授は暗い顔をした。「彼は、長袍を身に着けているだろう？　赤毛と青い目が、あの装いで無国籍になるのがいい、と言うがね……実のところ、首が隠れるからなんだ。――彼の首は、以前に死んだとき、落とされた。私……夢の中の私は、それを繋ぎ合わせたが、どうしても傷跡が残ってしまって……それを、隠しているんだよ」

靫正は、全身がざわつくの感じた。

教授の顔から表情が消えかかっている。

「彼は、私に会うことだけを考えていたという。この国のこの時代に辿り着いたのはたまたまだが……私にもう一度会う、そのことばかり考えていたので、それ以外は、あまり憶えていないとも言って……ただ、伊吹という名は……伊吹山の薬草園にいたからだ、と言っていたな。下の名前は最近、そこにあやかってつけたんだ」

伊吹山とはどこだろうと靫正は疑問に思った。しかし教授は特に解説してくれなかった。

「伊吹さんは、殺されたのに、先生を慕っているように見えます。その、……僕は、過去の振る舞いを非難したいのではないです」

靫正は、何を言おうとしているのか曖昧なまま、考えながら言葉を紡ぐ。「とにかく、先生は、伊吹さんを今のようにした。なので、伊吹さんに対して、責任があるように感じます。……それもあって、自分が死んだあと、伊吹さんがひとりきりになってしまうことを、かわいそうに思ったんですか？」

教授は、ゆっくりと靫正を見た。

「それは、君にも問いたいところだ。君は、夢の中で変容させてしまったものに対して、責任があるのではないのかね」

「ええ、もちろんです」

靫正が即答すると、教授は戸惑いの表情を浮かべた。何故戸惑うのかと、靫正は不思議に思った。

「僕にとって、夢の中のあのものは、とても小さく、健気で愛らしく、いつまでもどこまでも守ってやりたいと思えていました。あのものも、僕にとても忠実に仕えてくれ……敵を屠る手伝いをしてくれたものです。ちゃんと思い返すとげんなりするようなことを、僕は、……していたようです。それについては、当時の倫理観と今は違う、と割り切っているのでまったく問題はないのですが……だけど、あのものに同じことをさせたのは申しわけなく思い、責任を感じているようです」

靫正が思いのままに胸中を吐露すると、教授は溜息をついた。

「君が私の同類なのはよくわかった。しかし、十代のうちにそこまで割り切れるのはうらやましいぞ。私は長く、苦しんだ。夢の中で、それなりに事情があったとはいえ、自分を慕ってくれた子どもを謀殺した。しかもそれが悲しくて、屍人として生き返らせた。なのに、自分が死んだあとも残るのが気の毒で、死なせようとも……」

「自業自得では？」

靫正の指摘に、教授は呻いて頭を抱えた。

「先生」

ぐぬぬ、と教授が唸るのを眺めているとどこからともなく呼び声がした。靫正は立ち上がった。声のしたほうから早足でやってくる人物は、予想通りだった。

「僕は先生をいじめたわけではないですよ、伊吹さん」

微妙に看板を盾にしつつ、靫正は弁解した。

「え、先生、いじめられてたの？　宗近くんに？」

「……そんなはずはないでしょう。君も、冗談は大概にしたまえ」

教授はするっと立ち上がると、じろりと靫正を見た。切り替えが早い。靫正は笑いかけたが、なんとかこらえた。

「先生、うかがった件は、ご希望通り、ご内密にいたします。僕が申し上げたことも、お忘れくださいよろしくお願いします」

「うむ。そうしよう」

「ええ、何、ふたりで内緒話？　僕にも教えてくれないんですか」

ああなるほどと、靫正はふたりを眺めやった。

教授が過去に伊吹を育てたとわかっていれば、彼の、教授への態度はなんの問題もない。だが、何も知らなければふたりの関係をどう理解、いや、誤解するか。想像はたやすかった。

「その姿のときはもう少し大人らしい発言をしてくださいませんか、我が君」

教授から伊吹への呼びかけをきいて、靫正はやや驚いた。丁寧に接するのは、前世の記憶に則っているのか。

「心がけてますよ」

「私に何か用があったのでは？」

「お戻りが遅いから、展示会場まで迎えに行ったんですよ。そうしたら、宗近くんを探しにいったときいて」

ちらりと伊吹が靫正を見た。靫正は冷静を保とうとした。

伊吹が何かを言おうとしたが、やめたのがわかった。その理由はすぐにわかった。

「ぼっ……若」

すっ、と傍らにサクヤが現れたのだ。影の中から出てきたのではない。走ってきたのか、息がやや荒かった。

「何か？」

サクヤは、伊吹から靫正を守るように立ちはだかった。

「サクヤ」

「ごめん、遅くなって」

「いや、だいじょうぶだ」

振り返ったサクヤに、靫正は首を振った。笑みがこぼれる。あとで行く、と朝に約束したとおり、サクヤが来てくれたことが、うれしかった。

「何もしてないよ、君のだいじな相手には。そんな顔をされると悲しいな」

伊吹は穏やかに言った。サクヤが、戸惑った顔を伊吹に向ける。

「サクヤ、本当だ。ただ、話していただけだ」

「だったら、いいんだけど、……あ、夕飯の仕込みはばっちりだよ。海南鶏飯《ハイナンチーファン》」

「おお」

靫正は思わず、感嘆の声をあげた。


金曜から日曜までの三日間の学祭は無事に終わった。

初日は案内役をした靫正は、二日めには会誌の販売と展示場の留守番を頼まれ、最終日にはかたづけも手伝った。

結局、いいように使われた感が否めない。

サクヤは三日間とも、来場者として来て、最終日のかたづけも手伝ってくれた。サクヤに来場者として来てもらったのは、石原があやかしと関われるかを確かめるにしろ、陰形を察されてなしくずしに説明する流れは避けたいと、靫正とサクヤの意見が一致したためである。

甲斐教授は、学祭のあいだ、毎日、昔噺研究会の展示に顔を出してくれた。石原はそれを、靫正を気に入ってのことだと勘違いしたようだ。

「……と、いうわけで、石原先生は、甲斐先生に、特別顧問になってほしいと、僕にお願いするように、と……」

学祭あけの水曜日、ささやかな打ち上げをするので是非来てほしいとＳＮＳで連絡が入った。是非にというならばとサークル室へ向かったところ、石原に、どうしても、とお願いされた。関わりを持ってしまった相手の「お願い」をむげに断れるほど、靫正は非情ではなかった。

そんなわけで、お願いされた翌日の午後、講義が終わってから、歴史学部の教官室を訪れたのである。

「やれやれ」

作業机についた靫正の前にマグカップが置かれる。教授が手ずからいれた紅茶だ。この教官室は、キャビネットで遮られた奥にシンクがあって、飲食にはこと欠かないらしい。

「君も、災難だな」

「そうおっしゃるなら、ご検討いただけると、助かります」

「君、あのひとに弱みでも握られてるの？」

正面に腰掛けた伊吹が問う。こうして見ると、ほんとうに瞳がラピスラズリのようだった。濃い青。

「いいえ、まったく、そういうわけでは」

「ふむ。……では、石原くんに好意があるのかね？」

「いいえ」

教授の問いかけに首を振りつつ、靫正は、かつての自分を思い返してげんなりした。サクヤが姉弟子と深い仲になっているのではと勘違いしたり、ふたりはお似合いだと思ったり、した。

ああいう勘違いは、されると、どうにも気まずいのだ。中高と男子部だった靫正は、今になってやっとそれを理解していた。

「僕は単に、お知らせのつもりで来たので、お願いしてもだめだった場合は、そのように伝えるだけです」

「そういうのをな、君、『子どもの使い』というんだ。石原くんはあれで、相当に気が、というか、思い込みが強い。根性もある。私が承諾するまで、君は何度もここに寄越されるぞ」

教授は苦々しげにぼやいた。

「……それは、いいんですけど。先生にお茶をいただいて、帰るだけです」

「図々しいなあ」

伊吹が呆れた。「ねえ、いるんだろ？　どういうこと？」

一瞬、教官室はしんと静まり返った。しかしすぐに、するりとサクヤが靫正の傍らに姿を現す。

「どうもこうも」

サクヤは苦々しげに呟いた。「俺にとやかく言えることじゃない」

靫正の斜め前に座った教授は、ものめずらしそうに、しげしげとサクヤを眺める。

「いや、まあ……いろいろと不思議なことはあるが、本当に影の中に入れるものなのかね。物理法則はどうなっているのか。ちょっとさわらせてくれたまえ」

教授はそう言いながら、サクヤが何か答えるより前に、サクヤの腕に手を置いた。

サクヤは困った顔で、靫正を見る。

「いや、すまない。実体はあるのか。なかなかに不思議だ」

「……」

教授の手が離れると、サクヤは一歩下がった。座っている靫正の後ろに隠れるようにする。

「ふふっ」

伊吹は声を出して笑った。「君、可愛いなあ。昔と変わらないね」

「昔……」

「以前に、会ったことが？」

教授が尋ねる。伊吹は曖昧に笑った。

「もうずっと昔に」

靫正は思わず、傍らのサクヤを見た。サクヤは、困った顔を靫正に向ける。

「俺、……連れ出してもらうまで、ずっと山にいたけど」

「それより前だと思うよ。山の麓に薬草園があって、僕はそこにいたんだ。……ずうっと昔の話だから、憶えてないだろうとは思ったけど」

「なかなか興味深い話ですが……」

靫正は言葉を選んだ。「さておき、先生。特別顧問のお話は、どうでしょう？」

話を戻したのは、単に、サクヤの昔の話を聞きたくなかったし、思い出せないと困るサクヤを見たくなかったからだった。薬草園は、学祭のときに教授がちらりと話していた場所だろう。

それについて調べよう、と靫正は心に決める。サクヤに昔のことを思い出させないためだ。昔のことを思い出す場所に近づけないために、である。

靫正はできるだけサクヤに昔のことを忘れたままでいてほしかった。

「石原くんは、私の権限を借りたいだけなんだろう」

教授は、ふん、と鼻を鳴らした。手にしたマグカップに口をつけて紅茶を啜《すす》る。伊吹の前には何もない。

「禁帯出の本でも借りられる権限ですか」

靫正が尋ねると、教授は噎《む》せた。

「先生、だいじょうぶ？」

伊吹が立ち上がり、教授の背をさする。「冷たいかな？　ごめんよ」

「いや、冷たいが、気にしないでください。……君、なかなか言いにくいことを」

口もとを手の甲で拭うと、教授はやや険しい顔を靫正に向けた。「あれは、……そういう条件で、この大学に移ったからだ。すべての資料をどんな条件下でも自由に閲覧できるならと……今も、以前の勤務先には行っているがね。後継の弟子が育ちきっていないので」

こほん、と教授は軽くしわぶいた。それから、ちらりと伊吹を見る。伊吹は教授の背から手を放すと、すとん、と椅子に腰掛けた。

「先生は、学内でかなり優遇されているんですね」

しみじみと靫正は言った。本気で感心しただけだったのだが、教授はそうは受け取らなかったようだ。居心地のわるそうな顔で紅茶を啜っている。

その横顔に、歳を取っているからここまで男前なのか、はたまた若いころからこのように渋さがあったのかと、靫正は疑問に思った。師匠もこんな感じになるのかなあ、とも考える。靫正は師匠の姿をとてもよいと感じていた。

「……わかった。その話を受けよう」

マグカップから口を離した教授は、唸るように告げた。

次に師匠のところへお邪魔するのはいつにしようと、愚にもつかぬことを考えていた覩正は、何を言われたのか、最初はわからなかった。いったい何が起こったのかと、何度もまばたく。

「……特別顧問に、なっていただけると？」

信じられず、覩正は問う。教授は渋面を作った。

「ああ。……君の言うように……私は優遇されている。自分が優遇を受けるばかりなのは、あまり正しくない気がする。特別顧問をすることになっても、特に……負担はないようだ。以前から、ただの名義貸しでいいとは言われている」

あーあ、と伊吹が声をあげた。

「その名義貸しがいただけないのに。先生は自罰的で罪悪感が強いから……」と、伊吹は覩正を見た。「君はずいぶん、うまくやったね」

「……はい？」

「もしかして、彼は何も考えていないのかい？」

伊吹は、覩正から、後ろのサクヤに視線を移したようだった。

「ぼっ……うちの若は、駆け引きができるほど悪辣《あくらつ》じゃねえ。だけど、何も考えていないわけでもねえよ」

サクヤは憤慨したように否定した。

悪辣ではないと言われるようなことを、自分は発言しただろうか。靫正としては、詳しく聞いておきたかった。今後、何かの役に立ちそうだからだ。

しかし、どんなふうに問いかけても、なんとなく皮肉っぽくなりそうな気がして、やめることにした。

「まあ、とにかく……これからもよろしく頼むよ、宗近くん」

甲斐教授は、苦笑しつつ、靫正に向き直った。「それと改めて、先日の件は、くれぐれも、他言無用で頼む」

「先生はいつも他言無用ですね。僕、何が他言無用だったか、忘れそうです」

靫正は正直な感想を口にした。

「びっくりするくらい脅してくるじゃないか……」

伊吹が驚いたように呟いた。

「他言無用って、何が？」

誤解されたまま二号館を出ると、サクヤが心配そうに問いかけてくる。「何かよくないことでも頼まれたの？」

「ちがうちがう、サクヤ」

靫正は笑った。歩き出すと、サクヤがついてくる。

学祭が終わって、春もそろそろおしまいだ。遅い時刻なのに、学内は明るい。靫正は正門に向かって中庭を歩き出した。

「先日の、喫煙所での話だ。甲斐先生は、あのことを誰にも言わないでほしいらしい。残念だ」

「ああ……いや、なんで残念なの？」

納得しかかったサクヤだが、ん、と聞き咎める。

「先生に、話したい気がしたんだが」

「先生って、おっしょさん？」と、サクヤは呆れる。「まあ、そうだな……あの話は、おっしょさんだったら、興味を持ったかもね」

サクヤが、半歩遅れてついてくる。靫正は、半ば振り返りつつ、サクヤを見た。

サクヤがいつか、並んで歩いてくれたらいいのに。頼めばそうしてくれるが、意識せずそうしてくれるようになってほしいと、靫正は考えてしまう。

「なあ、サクヤ」

正門を出た。大学は住宅街のはずれにあり、住宅街を迂回する道を通っても、駅までは十分足らずだ。靫正はゆっくり歩いた。

学生の姿はないし、中途半端な時刻だからか、歩道を歩く者は少なかった。道路を車が行き交っているが、まだ夕方の混雑にも早い。

「何？」

「甲斐先生の、話。……他言無用と言われたが、おまえになら話してもいいだろう」

「俺も、知ってるからね。あっ、もしかして、俺も他言無用なのかな」

サクヤはハッとしたように呟いた。

「そのほうが無難だろうな。誰かに話したのか？」

「んにゃ。ややこしいからな……」と、サクヤは首を振った。「で、あの話が、どうかしたの？」

自分も教授と同じで前世の記憶がある、と言おうとしたが、靫正は、考え直した。

「甲斐先生がほんとうに、もう一度生まれ直していたとしたら、なぜだろう？　理由があるような気がする」

疑問を口にすると、サクヤはきょとんとした。

「それは、あのときあいつが言ってたじゃないか。先生がもう一度生まれてくるように呪ったって」

サクヤは、あやかしだ。だから人間と考えかたが違うのだろう。

「呪った、か……」

「今では、呪いっていうとおどろおどろしく感じるみたいだけど、要するに、まじないだからね。術の一種と思っていいんじゃないかな。……あいつはそこまでして、自分を謀《たばか》って殺した相手に会いたかったんだよ……」

「恨み言を言いたかったのだろうか……」

靫正は、思いつきを口にした。だが、……それだけで、もう一度、会いたいと願うだろうか。

「それもあるかもしれないけど……それよりも、ただ、会いたかっただけなんじゃないのかなあ……俺も、……会いたかったし」

サクヤの声がちいさくなる。

サクヤが会いたかったのは、あの桜の下に埋めた誰かだ。

死んでしまった、最初の主だ。

「昔、誰かに、ぬしさまが死んでも、もとに戻せる方法を教えようかと言われたことがある……ような気がするけど……」

サクヤの声は、ぼんやりしていた。

サクヤは、以前のことはぼんやりとしか思い出せない、と言う。

だが、それが事実かどうか、靫正には確かめられない。嘘でもないだろう。あまりにも長く存在してきたから、記憶がまだらになっているのかもしれない。

それでもときどきこうして、昔の話をするときがある。

「あのとき、そうしていたら、俺は今、ここにはいなかったのかな……」

靫正は、なんとも言えなかった。

生まれる前に、サクヤと会っている。その記憶が、自分自身のものなのか。それとも、誰かの記憶を、自分が持っているだけなのか。靫正にはその判断がつかない。教授は夢の中で死んで確信したと言うが、靫正は、死んだ夢を見ても、確信が持てない。

生まれる前の自分がどこにいたかなど、憶えているはずもない。

……サクヤと出会ったのは、必然だったのか。もともと、自分はサクヤを求めてこの世に戻ってきたのか。あるいは、ほかの誰かに、サクヤを託されたのか。あるいは、……どれも、事実ではないのかもしれない。

何度も、靫正は考える。サクヤがそばにいる意味を。自分の求めにサクヤが応じてくれた意味を。……少なくとも、サクヤは、一緒にいることをいやだとは思っていない……と思いたい……

「サクヤ」

名を呼ぶと、サクヤはハッとした顔になった。

「なに、坊ちゃん」

サクヤに、問いかけたかった。

昔の主に、今でも会いたいのか。または、……宗近靫正という人間が、昔の主が再びこの世に出てきた姿だったらどうするか、と。

だが、それはあまりにも、サクヤにとってむごい問いのように思えて、どうしても口にできない。

……あの桜が咲いたのを靫正が間近で見たのは一度きりだ。あのころのサクヤはまだ、昔のことをよく話した。

——だいぶん忘れたんだけどね、この木の下に、だいじなひとがいるんだ、と言っていた。

あのころに、その「だいじなひと」のことをもっと詳しく訊いておくべきだったのだろうか。

「……ずっと一緒にいてくれるか」

胸もとに湧き上がってくるさまざまな思いを、靫正は無理やりのみ込んで、それだけを、やっとのことで、告げる。

「え、うん」

サクヤは、きょとんとしつつも、即答した。

ひどく胸が苦しくなって、泣きそうになった靫正は、サクヤから目を離して、前を見た。

「何を言うのかと思ったら……今さらだね、まったく。そんなの、もうずっと前に約束したでしょ。ゆびきりまでしちゃってさ。おかげで俺、あんたのために命を捨てたくなっても、あんたも死んじまうかもしれないと思うと、できやしない」

「命を粗末にするなど、僕が許さんぞ、サクヤ」

顔を見ると泣いてしまいそうだったので、靫正は手探りでサクヤの腕を掴む。

「……あんたはほんとに、……」

ぬしさまみたいなことを言うなあと、サクヤが囁くのが聞こえた。

真夜中だった。

窓をカリカリする音で、サクヤは目をさます。

サクヤは夜、本性に戻り、守っている相手の枕もとで丸くなる。何が起きても対処できるように。

サクヤはそっと羽ばたいてから、人間の姿に変化《へんげ》した。

カーテンをめくって、窓をほんの少しだけあける。夜の空気は冷たかった。

「……よう」

そんな中、ベランダにいた黒い仔猫が、隙間に顔をのぞかせる。

『どうだ。来ぬか。栗蒸し羊羹があるぞ』

「今夜は、やめとく」

サクヤはしゃがむと、仔猫の誘いを、声をひそめて断った。「今夜だけじゃない。もう、夜は遠慮するよ」

『これは、また……そなたの主は、まだ添い寝が要るのか』

「俺がいないと、淋しいんだってさ……」

ためらいつつ、サクヤは告げる。

『ふうむ。まるで幼い子どものようではないか』

揶揄《やゆ》するような仔猫の言葉に、サクヤはちょっと笑った。

「俺やあんたから見たら、たいていのヒトは、幼い子どもだろ。やさしくしてやんねえとな」

この黒い仔猫は、雷獣の仮の姿だ。いつまでも仔猫の姿らしい。

サクヤはふと、手を伸ばした。撫でると心地いいのか、仔猫はかすかにのどを鳴らす。

『とはいえ、そなたは甘やかしすぎでは？』

「……そうかな。俺にできることなんて、少ないから」

身代わりに、死ぬこともできない。

本来、式神は、主に使い捨てられるものだ。呪殺の身代わりになったり、刃や矢を代わりに受けたりするものだ。おまえがいなくなったら淋しく悲しいと、以前の主はそれをゆるしてくれなかったが。

長く引きこもっていたあいだに、そんな時代は過ぎ去ってしまっていた。

「それにさ……いまのぬしさんは、俺を、従者だって思いたくないみたいなんだ……だから、ぬしさん、って呼びたいけど……」

そんなふうに呼んで、いやがられたらと思うと、できなかった。ご主人さま、さえいやがるのだ。

『まあ、今どきの子どもならば、そうであろうな』

「だから、俺にできることは、なんだって、してやりたいんだよ。俺が添い寝して淋しくなくなるなら、そうしてやりたい」

『やれやれ。ならば、せいぜいだいじにせよ。地獄の底まで付き合うのだろう？』

「……うん」

サクヤは我知らず微笑んだ。「今度は、どこまでも一緒なんだ」

――今度は。

サクヤは、そう思う自分が不思議だった。今度は、と思うからには、いつかはそうできなかったのだろう。それを、あまり思い出せない。

思い出す必要は、ないのかもしれない。

『では、次は、昼に誘おう』

「水曜日なら、行けるかも」

『心に留めておこう。では』

ひらり、と黒い仔猫は、ベランダの柵の隙間から出ていった。

サクヤはそっと窓を閉め、きちんと施錠して、カーテンを閉める。

「……サクヤ？」

寝台に戻ると、呼ばれた。

ぎょっとして覗き込むと、彼は寝返りを打った。目を閉じているので、寝言だったようだ。

寝返りでめくれた上掛けを掛け直してやる。

「いるよ、ここに」

サクヤはその寝顔に囁きかけた。

いつか見たような、そうでないような、寝顔だ。

この顔が、大人になって、歳を取って、老いて、……いつか動かなくなる日まで、こうして何度も、上掛けを掛け直してやるのだ。

「いい夢、見てね」

サクヤは再び本性に戻って、彼の枕もとで身を丸くした。

本書は書き下ろしです。
この物語はフィクションです。
実際の人物・団体等とは一切関係ありません。

ポルタ文庫

あやかし主従《しゅじゅう》のつれづれな日々《ひび》
何度《なんど》でもめぐりあう

2021年3月6日　初版発行

著者　椎名蓮月

発行者　福本皇祐
発行所　株式会社新紀元社
〒101-0054
東京都千代田区神田錦町1-7　錦町一丁目ビル2F
TEL：03-3219-0921　FAX：03-3219-0922
http://www.shinkigensha.co.jp/
郵便振替　00110-4-27618

カバーイラスト　縞
DTP　株式会社明昌堂
印刷・製本　株式会社リーブルテック

ISBN978-4-7753-1897-3

真夜中あやかし猫茶房

椎名蓮月

イラスト　冬臣

両親と死別した高校生の村瀬孝志は、生前に父が遺していた言葉に従って、顔も知らない異母兄に会いに行くことに。ところが、その兄は満月の日以外、昼間は猫になってしまう呪いをかけられていて…!?　人の想いが交錯する、猫と癒しのあやかし物語。

ポルタ文庫